本当は恐い!
日本むかし話
知られざる禁忌譚

深層心理研究会[編]

竹書房文庫

はじめに

幼いころから馴れ親しんできた日本の昔話は、そのほとんどが日本各地で伝えられる民話や伝承をベースにしている。たとえば、教科書などでもとりあげられている名作『夕鶴』の原典になった、『鶴の恩返し』も、全国にさまざまな類話があるのである。

昔々、あるところにおじいさんとおばあさんがいた。ある日、おじいさんは子どもにいじめられていた鶴を助けてやった。それからしばらくすると、美しい娘・おつうがやってきて、老夫婦にこう頼んだ。

「どうぞ、わたしをこの家の子にしてください。そうしたら、機を織りましょう」

子のなかったふたりはたいそうよろこんで、おつうを招きいれた。おつうは朝から晩まで機を織ったが、なぜかその間は部屋にはいることを禁じられていた。布は高値で売れて、夫婦は大金持ちになる。だが、ある日、おつうが機織りしている部屋を覗いてしまい……。

『鶴の恩返し』にはこれだけでなく、さまざまなバリエーションがある。これらの民話を色づけし、物語をふくらませることにより、『夕鶴』が生まれたのだ。

ところで、この物語に登場する人に姿を変えた鶴とは何者か？　自分の羽で機を織るとはいかにも不可解だ。だが、人間に置き換えると疑問は氷塊する。この鶴は働き者で、金を生む女と解釈すべきなのだ。女は夫に秘密にして、金を稼いでいた。さんざん貢ぎ、最後には逃げてしまった。女に働かせて自分は遊ぶ男は、いつの時代にもいた。そして、夫婦といえども、踏みこむべきでない秘密がある、ということなのだ。

このように登場人物が動物として描かれたり、神、仏、精霊に置き換えられるケースは多い。だが、その実態は醜い人間の本性、ドラマが姿を変えて伝えられたもので、実際には残酷であったり、あるいはエロティックであると考えられるのだ。そして、その結末も、「めでたし、めでたし」では締めくくれない、不気味なものが多いのである。

本書では、なじみ深い日本の昔話が本当はどんな物語だったのかを検証。どのような真実が秘められていたのかを明らかにし、その裏に隠されている生々しい姿を浮き彫りにする。その解釈については、現在伝えられるものから大胆な飛躍を試みたものもあるが、それによって昔話の研究にが広がることになれば幸いである。

なお、解釈と研究に当たっては、古典文学研究家の清田圭一氏に多大なる協力をいただいた。この場を借りて、厚く感謝の意を表したい。

深層心理研究家

目次

鶴の恩返し

夕暮れに出会った美しい女

木枯らしがひどく身にしみる、ある寒い夕暮れだった。

「うう、今夜は冷えそうだ」

こんな日は母親が温かい雑炊を作って待っているはずだ。炭焼きの仕事を終えた与ひょうは、家路を急いでいた。

そのとき、寒さに肩をすくめながら川岸に立っている一人の女が目に入った。

実はその女を、与ひょうは以前も見かけたことがあった。ぼろぼろの着物には似つかない、透き通るような白い肌。細身だが、ほどよく熟した体つき。そして何よりも、とびきりの美人であった。どんな男でも、気にとめないはずはない。

女は涙を流しながら、川面を見つめている。その思いつめた様子は尋常ではない。こんな時刻はどこの家でも夕飯の仕度で忙しいはずなのに、この女は、いったいどうしたというのだろうか。

ひどく気になった与ひょうは、思わず声をかけた。

「もし、何かあったのですか?」

　女は驚いた顔をして振り返ると、あわてて着物の袖で涙を拭いた。

「あ……」

「こんな寒い夕方に、なぜ、こんなところにいるのです?」

　女は与ひょうを見ながら、あとずさりした。

「おい、おい。それ以上後ろに行くと、川に落ちるよ」

「落ちてもいいのです」

　それを聞いて、与ひょうはあわてて女の腕をつかんだ。

「悲しいことがあるなら、話してみな。人に話せば気持ちが楽になることだってあるさ」

　女はしばらく黙って考えていたが、やがてポツリポツリと話し出した。

「私の名前はつうと申します。三つ先の村から隣村に嫁いできました」

　婚礼をあげて四年が過ぎたのだが子宝に恵まれず、毎日毎日、姑にいびられているという。しかも子供ができないまま三年過ぎたころから、姑は「子を産まぬ女に飯を食わせるほど余裕はないぞ」と、つうにろくな食事も与えようとはしなかったという。

　しかし、姑に逆らえない夫は、そんなつうの様子を見て見ないふり。こんなつらい日々が続くのなら、いっそ川に身を投げようかと途方にくれていたのだ。

「そりゃ、気の毒な身だな」

やつれても輝きを失わない女の涙に、与ひょうはすっかり同情してしまう。

「腹がいっぱいになれば、生きる元気も出てくるさ」

つうは、与ひょうのやさしい言葉にうなずいた。

いままで味わったことのない、しなやかな肢体

突然、与ひょうが女を連れて帰ってきたから、母親は驚いた。それでも、話をするうちにつうの人柄のよさがわかったのか、多くを聞くこともなく温かくてなした。

夜が更けても、つうは帰ろうとしない。もっとも、灯りひとつない田舎道だ。女の一人歩きは危ない。翌朝帰せばいいと、その日はそのまま泊めてやることにした。

しかし、次の日も、その次の日も、そのまた次の日になっても、つうはいっこうに帰ろうとしなかった。その間にも、つうは家事を手際よく手伝い、料理の味付けもうまく、何よりも母親を大切にしてくれる。いつしか与ひょうは、つうが自分の嫁になってくれまいかと望むようになっていた。

幸い、隣村にあるというつうの婚家は、子を産めぬ嫁を煙たがっていたせいか、つうが

消えたことを大っぴらにしなかったようで、噂も流れなかった。

ひとつ屋根の下に若い男女が一緒に暮らしていれば、なるようになるのは当然だ。与ひょうは、つうにこのまま自分の嫁になってほしいと頼み、その体にむしゃぶりついた。

つうは与ひょうの愛撫を受け入れ、しなやかな肢体で与ひょうを虜にした。金で女を買ったことはあったが、つうの口淫（フェラチオ）は、いままで味わったことのない極上のものだった。鶴のように長い首で、与ひょうのモノを喉の奥までくわえてこんでくれるのだ。

「こんないい女を、どうして旦那は大切にしなかったんだろう」

自分より先につうを抱いた前夫に対して嫉妬したりもしたが、それは上りつめてくる快感が打ち消してしまった。

こうして、なしくずし的にはじまった結婚生活だったが、貧しくも幸せな日々が続いた。そんなある日、突然不幸が襲いかかってきた。……与ひょうの母親が死んだのだ。

母一人子一人で育った与ひょうの悲しみは大きかった。つうがどんなに慰めても、心の穴を埋めることはできなかった。心は荒み、悲しみを紛らわすために酒を飲んだ。その量は日増しに多くなり、炭焼きの仕事にも行かずに、朝から酒浸りの日々を送るようになる。

そんな与ひょうに文句もいわず、つうは甲斐甲斐しく世話をした。しかし、仕事をしなければ、とうてい生活が成り立たない。もともと貧乏だった与ひょうは、母親の葬式さえも借金をしてすませたのだ。

「おい、つう。酒！」

「あなた、お酒を買うお金なんて。それに、お葬式の借金も残っているし……」

「うるせえ。借金なんてどうでもいい。なんとか酒を買ってこい」

大酒をくらうようになってから、与ひょうはすっかり変わりはてていた。愛しいつうにも、つらく当たるようになっていたのだ。

「わかりました。すこし時間がかかるけど、ここで待っていてくださいね」

そういって、つうは家を出ていったが、しばらくすると酒を持って帰宅した。

「ほれ、酒ぐれえ、なんとかなるもんだ。さあ注げや」

それをいいことに、与ひょうは酒がなくなると、つうにねだるようになる。しかも、その量はますます増えていった。それでもつうは責めもせず、献身的につくしていた。

しかし、とうとう延ばしに延ばしていた、葬式代の借金の期日がきてしまう。もちろん、与ひょうにはどうすることもできない。借金取りの剣幕に酔いも醒めたのか、しょんぼりとうなだれるだけだった。そんな与ひょうを見かねたのか、つうはこう告げる。

「わかりました。私がなんとかお金を作ってきます。でも大金ですから、三、四日は帰れないと思います。ここで待っていてくださいな」

それを聞いて安心したのか、与ひょうは、つうのいない間も酒をあおりつづけた。

何日かすると、葬式代の借金を用意してつうが帰ってきた。このとき、与ひょうの頭にふいに疑念がよぎる。自分が何ヵ月も炭焼きをしなければ稼げないほどの大金を、どうすれば三、四日で作れるのだろうかと――。

知らない男に抱かれる恋女房

しばらくして、与ひょうが酒をねだると、つうは、

「それじゃ、また家で待っててくださいな。お酒はなんとかしてきますから」

そう言い含めて、家を出ていった。

だが、与ひょうはその言いつけを守れなかった。家で待つようにいわれていたのに、つうのあとをこっそりつけていったのだ。どうやって金を工面しているか、どうしても自分の目で確かめたかったのだ。

すると、三つほど村を通りこしたその先の町で、つうは怪しげな建物に入っていった。その建物は、以前に与ひょうが炭焼きで少々儲けたときに立ち寄った置屋だった。与ひょ

うは軒下からそっとなかを覗いた。

薄暗い部屋に、つうと見知らぬ男がいる。しかも……つうは喜々として、初老の男の筋張ったものを体のなかに受け入れているではないか。

（くそっ、なんてことだ）

与ひょうは身じろぎもできずに、つうがほかの男に抱かれる様子をうかがうしかなかった。とそのとき、つうと目が合った気がした。我に返った与ひょうは、あわてて家に戻ったのだった。

悶々としながら帰りを待っていると、三日後に、つうは戻ってきた。そしていつもと変わらぬ態度で、与ひょうに金と酒を渡した。

（目が合ったのは俺の錯覚だったのか……）

つうは金がなくなると、相変わらず三日ほど出かけていった。与ひょうは嫉妬と猜疑心がない交ぜになった複雑な気持ちだったが、胸の内を明かせぬまま、自堕落な生活をつづけていた。

つうが何もいわないなら、このまま食わせてもらうのもいいではないか。つうが身を売って稼いだ金をあてこむ生活が、いつのまにか苦痛でなくなっていたのである。

ヒモになりさがった与ひょうは、酒だけでは飽きたらず、博打にまで手を出す。こうなると、金はいくらあっても足りない。与ひょうは、前にも増して金を無心するようになる。

「三両ばかり、なんとかならねえかい」

つうが体で稼いでくる金なんて、どぶに捨ててもいいくらいだ。酒や博打に使うくらいでちょうどいい。そう思うことで、与ひょうは自堕落な自分を正当化していたのだった。

そんなある日、博打で大損した与ひょうは、朝から浴びるように酒を飲んで管を巻いた。つうがそれをとがめると、いってはならない一言をとうとう口にしてしまうのだ。

「いいか、おまえがどうやって金を作っているのか、おれは知ってるんだぞ。ちきしょう、亭主のおれに恥をかかせやがって！」

だが、つうは身じろぎひとつしなかった。与ひょうに知られたことを悲しむどころか、薄笑いさえ浮かべているようだ。

「そう。知ってしまったのなら、仕方がありませんね」

つうはそう言い残すと、家を出ていった。そして、夜になっても帰らなかった。

酒の勢いで口をすべらせたとはいえ、心配になった与ひょうは、翌日になるのを待ちかねて、あの置屋を訪ねてみた。薄暗い部屋から厚化粧の老婆が出てきたのを見て、与ひょうはつうの行方を探していると打ち明ける。だが、ジメジメした空気の漂う部屋で老婆から聞いた話は、与ひょうにとって寝耳に水だった。

なんと、つうはこの置屋で知り合った常連客と、夜のうちに逃げてしまっていたのだ。しかも、多額の借金を残して……。

「ちょうどいいときにきてくれたね。あの女、知らない間に姿をくらましたんだよ。こっちだって困っているのさ。さあ、これがいままでの借金の証文だ。女房の借金なら、亭主のおまえに返してもらうしかないね。返せないってんなら、それなり覚悟をしてもらうよ」

老婆はそういうと、与ひょうに証文を押しつけた。

「ひ、ひ、百両も！」

こうして与ひょうは、酒どころか、どんなに炭を焼いても、自分の飯さえ食えない毎日を送ることになった。置屋に頼まれた借金取りのごろつきが、月に何度もやってきては、有り金をさらっていくのである。

いったいどこで狂っちまったのだろうか……。

自分のしてきたことを後悔しても、いまさらどうしようもなく、与ひょうは、ただ虚ろな目で空を眺めるだけだった。

◆『鶴の恩返し』の原典を読み解く

ヒモになりさがった男が見た無間地獄

「鶴の恩返し」は、教科書などでもおなじみの、木下順二の名作『夕鶴』の原典となった民話である。「鶴女房」などのタイトルで知られる類話がたくさんあるが、柳田国男が編纂した『全国昔話記録』では、老夫婦が主要人物として伝えられている。

昔、あるところにじいさんとばあさんがいて、ばあさんは機織りをして暮らしていた。ある日のこと、じいさんは子供たちが鶴をいじめているところにでくわした。悲痛な鳴き声をあげる鶴を不憫に思ったじいさんは子供に銭をやると、鶴を逃がしてやったのだ。

それから何日して、一人の美しい娘がやってくる。そして、「私をこの家の子供にしてください。そうしたら、機を織りましょう」という。子宝に恵まれなかった爺婆はたいそうよろこんで、娘の言う通りにした。

この娘は朝から晩まで、ギーコバッタン、ギーコバッタンと機を織っていたが、その布の綺麗なことといったら目も覚めるようで、ばあさんは「ええ子供ができた」と、可愛がっていた。布を売るようにという娘の言葉に従い、売りに出すとたいそうな金になったという。娘は来る日も来る日も機を織り、次々と布を売ったじいさんは大分限者になった。

ところがある日、娘が急にいなくなってしまう。困り果てたじいさんがお寺の住職に相談してみると、播磨国の皿池というところにいけば会えるといわれたのである。

じいさんが訪ねてみると、そこには、たくさんの鶴がいて、そのなかの一本も羽毛のない鶴が、じいさんを見て喜び、「よう訪ねてきてくれました。実は子供の手から助けてもらったのが私です。なにか恩返しをと思い、人間になって毎日毎日この羽毛で布を織っていました。ごらんの通り毛がなくなったので、お暇をもらって帰りました」と話したという。

自堕落な男と貢いだ女の離別ドラマ

類話の『鶴女房』は、新潟の南蒲原郡でこんなふうに伝えられている。

昔々、ある日、一人暮らしの男が田んぼへ仕事に行ったときのこと。一羽の鶴が飛んできたと思うと、男の前で落ちて、ばたばたばたばたしている。どうしたのかと近寄ってみると、羽の下に弓の矢が刺さっていたので、男はそれを引き抜いてやった。

それから幾日か過ぎ、男の家に知らない女が訪ねてきて、「私を嫁にしてください」という。自分のような貧乏者はとても嫁をもらうことはできないと断っても、「どうしても嫁にしてください」といって聞こうとしない。男はしかたなく、女を嫁にすることにする。すると女は、「出口も入口もない小屋を建ててください」という。男が建ててやると、その小屋へ入り、毎日毎日、チャンカリンチャンカリンと機を織っていた。

ある日、男は、「毎日、何を一生懸命に織っているのだろう」と思い、そっと小屋をのぞいてみた。すると、一羽の鶴が自分の羽根をむしっては織り、むしっては織りして、ちょうど体中の羽根を全部むしりとってしまったところだった。

男に見られてしまったことを知った鶴は、「実は、私はいつか、お前さんに助けられた鶴です。ご恩返しにと思い、羽根を抜いて紬を織りました。すっかり裸になってしまいました。この紬を殿様のところへ持っていけば、きっと高い値で買ってくれるでしょう。これでご恩返しもできましたから、私は帰ります」といい、いずこかへ飛んでいってしまった。

男がその紬を殿様のところへ持っていくと、たいそうよろこばれた。存分にお金をもらえた男は、一生安楽な暮らしをすることができましたとさ。

これとはまた別に、独り暮らしの若者が、ある日、羽の下に矢が刺さって苦しんでいる鶴を助けたところ、美人が訪ねてきて、「嫁にしてください」といったという話もある。

こうした民話を脚色をして『夕鶴』が生まれたわけだが、実際には、鶴が羽で布を織ったわけではないだろう。おそらく、「鶴＝金を生んでくれる女」と解釈すべきである。

女を働かせて金を巻きあげる男は、いつの世にもいる。さんざん働かされ、貢がされた女は、あるとき男に絶望し、逃亡する。これもまた、いまの世の中にもあるパターンだ。

この物語の原点は、そうした自堕落な男と、そんな男に貢いだ女の別離話を、身近な動物に置き換えて伝えたものと考えられるのだ。

わらしべ長者

観音様のお告げ

昔むかし、あるところにとても貧乏な男がいた。欲しいものも買えないし、食べたいものも食べられない。そんな暮らしだから、女にも縁がなかった。

そんな生活に嫌気がさした男は、近所のお寺の観音様にお願いをすることにした。

「あぁ、こんな貧しい生活はもういやだ。観音様、どうか大金持ちになれるよう、お助けください」

すると……驚いたことに、観音様からお告げを賜ったのである。

「この寺を出て、一番はじめにさわったものをもって旅に出なさい。そうすれば、お前の望みはかなうであろう」

この言葉を聞いた男が、よろこび勇んで寺から走り出たところ、石につまずいてスッテンコロリン。

「ちっ、幸先悪いったらありゃしねえな」

文句をいいながら立ちあがると、知らぬ間にワラを三本つかんでいるではないか。

「おいおい、ワラなんてつかんじまったよ。どうしてくれよう……」

ワラなどもっていても金持ちになれるわけがないとも思ったが、観音様のお告げである。男は半信半疑ながら、その三本のワラをギュッと握りしめたそうだ。

「あいつ、ワラなんて持ってどこへいくつもりだ」

「どこかでのたれ死んでも知らねえぞ」

村の連中の嘲りを背中に受けながら、男は西へ向かって旅に出た。あちらの野原、こちらの山としばらく歩いていると、どこからともなく一匹のアブが飛んできて、目の前をブンブン飛び回りはじめた。

「あっちにいけ！」

しかし、何度追い払ってもそのアブは目の前に戻ってきてブンブン飛びつづけるので、ついに我慢がならなくなり、つかまえてワラの先に縛りつけてやった。そして、このことが男の運命を大きく変えるのである。

三本のワラで三度交わる

しばらくすると、どこからともなく犬の遠吠えのような声が聞こえてきた。

「野犬になんか出くわしたら大変だ……」

男が用心しながら歩いていると、道の向こうから小さな子をおぶった女がやってきたそうだ。子どもは、女の背中で火がついたようにワンワン泣いておった。犬の遠吠えのように聞こえたのは、その子の泣き声だったのだ。

そして、その親子連れとすれちがったとき、子どもがぴたりと泣きやんだ。びっくりして立ち止まった女が子どもの視線を追うと、ワラの先に結ばれたアブを見ているではないか。女は、申し訳なさそうに口を開いた。

「あのー。お若い方、そのアブをいただけませんか」

「すまないが、これは観音様からいただいたもの。あげるわけにはいかないのさ」

男は、女以上に申し訳なさそうな顔をして答えた。すると、今度はせっぱ詰まった顔で女がこういった。

「この子が朝からずっと泣きつづけて、頭がおかしくなりそうなんです。これ以上泣くなら、次の橋から川に投げ捨てようと思っていたところです」

男がびっくりしていると、女は地面に子どもを下した。

「もちろん、ただとはいいません。代わりに、私の体を差しあげます」

そういうと女は帯を緩めて、着物を脱ぎはじめた。

「ワラが三本だから、三度自由にしていただいて結構です。どうかお願いします」

女は横たわると、大きく股を広げた。それから指先を秘部にあてると、自分で慰めはじめたではないか。女と交わったことがなかった男のフンドシは、パンパンにふくれあがってしまった。

「子どもの命を助けるためなら、観音様もダメとはいうまい。よし、わかった。お前さんの体と交換してやるぞ」

男はアブを結びつけたワラを子どもの手に握らせると、フンドシのわきから一物をとりだし、女に駆け寄った。

指先でいじっていたからか女の秘部はたっぷり湿っていたので、男の一物はあっけないほど簡単にスルリと入ったそうだ。

「あぁ、気持ちがいいぞ。女ちゅうのがこんなに気持ちいいもんだったとは……。観音様の言葉は本当だった」

女と交わるのがはじめてだったので、男はあっという間に果ててしまった。三度の交わりが終わると、女は身なりを整え、巾着のなかからミカンを三つ取り出した。

「これはおまけです。ワラが三本だから、ミカンも三つ。どうぞ受け取ってくださいな」

男は女からミカンを三つ受け取ると、さらに西へと向かったそうだ。

三つのミカンで女をお供に

女体の余韻にひたりながら歩いていくと、だんだんと陽ざしが強くなってきた。汗がどっと吹き出し、喉もカラカラに渇いた。さっそくミカンを食べようと懐から取りだすと、道ばたに若い女が倒れているではないか。男はその女に駆け寄って声をかけてやった。

「もしもし、大丈夫かい」

すると、その若い女はしゃがれた声で、「喉が渇いて死にそうです。もう、一歩も歩けそうにありません」といいながら、男が握っているミカンを見た。

「そのミカンをわけていただけませんか」

「このミカンは観音様からいただいたものだからなぁ」

男が思案していると、女が絞り出すような声で懇願する。

「ただでとはいいません。私のことを好きにしてくださってけっこうです。だから、そのミカンを……」

その女は先ほどの女より醜かったが、たっぷりとした肉感的な体をしている。

「う～む。命を助けるためなら、観音様もダメとはおっしゃるまい。よし、わかった。こいつを食べな」

男はそういうと、皮をむいてひとつずつ女の口に入れてやる。ミカンを三つともペロリとたいらげると、女はびっくりするほど元気になり、帯をスルスルとゆるめはじめた。いくら醜いとはいっても、目の前で若い女が裸になるのだから、抱きたくなるのが男というものだ。二度目ということもあり、落ち着いて女の味をたしかめることにした。

だが今度の女は、身支度を整えても何も出そうとはしない。男が「これでおしまいか。まあ、二人の女を抱けたんだから、良しとするか」と思ったが、女はこういった。

「私のような女と交わってくださり、ありがとうございました。お礼に、あなたの身の回りの世話をさせてください」

一緒に旅をするとまでは考えていなかったが、これも観音様の思し召しだ。男は女を連れて、再び西へと歩きはじめた。

こうして何日か一緒に旅をするうち、その女がとても力持ちで、気の利く女だということがわかった。男の荷物は持ってくれるし、繕い物から夜の相手までなんでも上手にこなした。しかも、民家に泊めてもらうには「夫婦連れ」の方が何かと都合が良かった。男は「なるほど観音様が仰るとおりだ」と、一つかみのワラではじまった旅路に満足していた。

一年目の夜に娘と交わる

そんなある日のこと。その日の宿が見つからないまま夜道を歩いていくうちに、二人は大きな屋敷の前にたどりついた。さすがに気が引けたが、ほかにあてもない。駄目でもともとと、門前から声をかける。すると、なかから主人らしき男が顔を出した。

「旅の者ですが、夜になっても泊まるところが見つからず困り果てています。一晩だけでいいので、泊めてもらえないでしょうか」

すると主人は「ええ、いいですとも。困ったときはお互い様ですからね」と応え、快く泊めてくれた。

翌朝、お礼をいってお暇しようと主人の部屋を訪ねると、何やらあわただしく旅の準備をしている。

「どちらかへお出かけですか？」

男が聞くと、主人は大きな荷物を前にしながらこう答えた。

「いましがた早馬で手紙が届き、急に都へ上ることになったのです。荷物がこんなに多いのに供はいないし、娘一人を屋敷に残しておくのも心配だから、留守番も頼まなくてはならない……あぁ、どうしたらいいか」

「私でよければ、留守番をいたしますが」

男は昨夜泊めてもらったお礼にと、留守番を買ってでた。すると、女がそれに続いて、

「お供がいないなら、私がその荷物をお持ちしましょう。こう見えても、力には自信があるんですよ」と胸を張った。

主人はたいそうよろこんだ。そして、屋敷の留守をまかせる男に、一人娘を披露した。さすがに立派な屋敷の箱入り娘だけあって、びっくりするような美人であった。

さて、いよいよ出かけるという段になると、主人はこういった。

「今度の旅は長くなりそうですから、お前さん、とうぶんこちらの娘さんとはお会いできませんが、よろしいのですね」

もとはといえば、ミカン三つが化けた女である。

「ご心配なく。その女は、よく気が利くので、旅の供にはもってこいですよ」

「だが、女一人をただで借りるのは申し訳ない。……そうだ、もし私が一年間帰ってこなかったら、この屋敷と娘はあなたに差しあげましょう」

男はびっくりして何度も固辞したが、主人は引きさがろうとしない。

「そこまでいうなら、その話お受けしましょう。でも、恨みっこなしですよ」

仕方なく主人の話にのったが、よもや主人が戻らないことなどあるまいと思っていた。ところが、いつまでたっても主人は帰ってこない。あっという間に季節は過ぎて、明日は約束の一年という日の夜のこと。

いつもの通り寝ていると、障子が音もなく開き、何者かが部屋にはいってきた。びっくりした男は飛び起き、「誰だ！」と叫んだ。

「そんなに驚かないでください。私でございます」

たしかに、その声は娘のものだった。

「こんな夜中に、何をしにきたのだろう」と男がいぶかりながら聞くと、娘は素っ裸で男の蒲団にするりと入りこんだ。

「夜が明ければ約束の一年目。私はあなたのものでございます」

丸一年も女と交わっていなかったのだ。若い肢体を前に、男はがまんできるはずもない。胸をまさぐり、体中をぞんぶんになめまわしてからへその下に手を伸ばすと、娘は恥ずかしそうに脚を閉じた。いままでの二人の女とはまったく違う反応だ。

「もしやお前さん、はじめてなのかい？」

男がそう聞くと、娘は恥ずかしそうにコクリとうなずいた。

二番目の女から男女の秘め事をたっぷり学んでいた男は、やさしく娘の脚を開かせると、時間をかけて秘部に愛撫を重ねた。そして、じゅうぶんに湿らせたところで、ゆっくりと自分の物を娘のなかへと押しこんだのである。

男があまりに上手だったので、最初は痛がっていた娘もすぐに具合が良くなった。しばらくすると、はじめてとは思えないほど、艶やかな声を漏らすようになった。

「あ〜ん。もっと、もっと」

その声が男の気持ちを駆りたて、二人は時間が経つのも忘れて交わりつづけた。娘が何度目かの絶頂を迎えたころ、ニワトリが夜明けを告げる鳴き声をあげる。

約束の一年がたったのだ。

こうして屋敷と財産、そして娘まで手に入れた男は、死ぬまで幸せに暮らしたという。三本のワラから大金持ちに成りあがったこの男は、いつからか「わらしべ長者」と呼ばれるようになったとさ。

■『わらしべ長者』の原典を読み解く

ふたつの『わらしべ長者』

『わらしべ長者』は、貧しい男がわらしべ（ワラ）をほかの物と交換するうちに大金持ちに成りあがるという物語であるが、長者になる経過には次のふたつのパターンがある。

①**観音祈願型**　観音様に「お金持ちになりたい」と祈願したところ、「最初につかんだ物を大切にせよ」というお告げを受ける。その直後、男はワラをつかみ、観音様のお告げを守ってそれを持って旅に出る。その後、ワラはミカンに変わり、ミカンは反物に、反物は馬に、そしてその馬が屋敷へと変わる話。

②**味噌型**　男は親からもらったワラを持って旅に出る。その後、ワラは食べ物を包む木の葉に変わり、木の葉は味噌に、味噌が名刀に変わり、その名刀を売ったことによって金持ちになるという話。

ちなみに味噌型には、男が大金持ちに「ワラを千両に変えることができたら、娘と結婚させよう」という難題をふっかけられたが、それをみごと達成して娘をもらうという話もまた別にあるのだ。

今回紹介したのは観音祈願型だが、いままで隠されていた男と女の秘め事が露わになっている。これを読めば、「その交換は都合が良すぎるのでは」といままで感じていた疑問がすべて氷解したはずだ。

結婚できない男たち

昔、男が嫁をもらうためには、それなりの稼ぎが必要であった。だが、それができるのはほんの一握りである。そのために一生結婚できない男がたくさんいたのだ。「金持ちになりたい」とお願いしたというのは、「女も欲しい」という意味もあり、それが金持ちの娘に巡り会うという結末を最初から暗示しているとも考えられないだろうか。

江戸のような大きな町には吉原などの遊郭（風俗店）があったから、男たちはそこで性欲を発散させることができた。だが、田舎暮らしではそうもいかない。小作人の息子、とくに次男や三男坊は嫁をもらうなど夢のまた夢だし、近くに遊郭もない。そのため、よほどの幸運に恵まれないかぎり、自分で慰めるしかなかったという。

そんな背景があって、主人公の男は観音様に「金持ちになれますように」とお願いをしたわけだ。「なんて虫のいい。それをかなえる方法を教えてしまう観音様も観音様だ」と思うだろうが、観音様は慈悲を徳とする菩薩である。この男があまりにも貧しく惨めだったので、情けをかけてやる気持ちになったのであろう。

こうして観音様に、「いちばんはじめに触った物を持って旅に出なさい」というお告げをいただいたまでは良かったが、男が最初にふれたのは三本のワラであった。だが、このワラには「清浄なもの」という意味がある。つまり、男は清浄なものをつかんでいたのだ。幸先が悪いどころではない、むしろ出だしから運に恵まれていたのだ。

極楽浄土を目指した男

やがて男は、この三本のワラで幼い子どもの命を救うことになる。やはりワラは「清浄なもの」だったと実感させられる瞬間だ。

しかも男は、はじめて女との交わりを経験することになる。はじめての体験で苦労するのは男も女も同じこと。焦って尻に入れようとして女にどやされたとか、挿入前に果ててしまったという話は枚挙に暇がないから、二人のどちらかが経験者であることが望ましい。

この男の場合、相手は子ども連れの女だった。つまり、女はすでにセックスも出産も経験済みということ。そんな相手との交わりなら、スムーズにできたはずだ。しかも、女はワラの数と同じ三度も交わってよいといってくれた。初体験者にとって、この経験数はさぞかしありがたかったであろう。

その後、女からミカンを三つもらった男は、さらに旅を続ける。男は西へ向かった。この西という方角にも深い意味がある。

悟りを開いた仏さまが住む清浄な場所を極楽浄土という。そこは、あらゆる苦しみから解放された安楽な世界である。では、その極楽浄土はどこにあるのか。西方、十万億土の彼方にあるとされている。つまり、男はやみくもに西へ向かったわけではなく、極楽浄土の方向を目指していたのである。

年季上がりの女郎を拾う

次に男は、脱水症状に苦しむ女と出会う。男は先ほどもらったミカンを女に与え、またもや人の命を救ってやる。ここまで見てくると、観音様はこの男を通じて困っている人の命を救おうとしたのではないかとも考えられる。そして、男が女と交わることができたのは、その褒美だったのかもしれない。

二番目の女は体を差し出してはくれたものの、それ以外のものは何もくれなかった。しかし、自分自身を男に差し出したのである。「旅は道連れ世は情け」ということわざがあるとおり、仲間と一緒に旅をすれば何かと助け合いができるものだ。男も、女の力強さと細やかさに助けられるようになる。

しかも、夜伽も上手だったというのだから、この女は、年季が明けた女郎だったのかもしれない。醜い女郎なら、ずいぶんと苦労もしたはずだ。客がつかず、炊事洗濯をさせられたこともあっただろう。だから、繕い物も上手だったはずだ。

では、この女はどこへいこうとしていたのか。最初は故郷に帰ろうとしていたのかもしれないが、年季が明けたといっても、田舎へ帰れば「あいつは女郎だった」と後ろ指を指されるに違いない。そう考え、故郷が近づけば近づくほど足が重くなってきたのだ。

そんな矢先に脱水症状を起こして倒れたところを、男に助けられた。人の情けのありがたさを知っている女は、「この男に尽くそう」と考えたのであろう。

観音様から授かった生娘

二人はたまたま大きな屋敷で世話になる。そして夜が明けると、主人が急用で都へ上るというではないか。

しかも驚いたことに主人は、「一年帰らなかったら、屋敷と娘をあなたに差しあげましょう」とまでいう。もちろん男は、その後に訪れる幸運を想像していなかったはずだ。

この物語では娘の歳はあきらかになっていないが、おそらく適齢期だったはず。そして、日々顔をあわせるうちに男に思いを寄せるようになり、自分が男のものになる日を指折り数えて待っていたのかもしれない。だからこそ、明ければ一年目という前の夜に、寝床にすべりこんできたのだ。

しかも娘は処女であった。もっとも、男は二人の女のおかげで色事に長けていたのだから、娘はほとんど苦痛を感じなかった。それどころか、はじめてではあまり経験しないといわれている快感すら覚えたのだ。娘が男から離れることは、生涯なかったろう。

ちなみに、女性の秘部のことを隠語で「観音様」という。これは、江戸時代の観音縁日に売春宿が建ち並び、それを目当てに若い男たちが大勢集まったということに由来している。それを考えると、男が願いをかけた観音様とは、売春宿の女郎だったのかもしれない。

つまり、『わらしべ長者』の物語は、女郎から学んだ性技で、長者にまで成りあがった男の成功譚とも考えられるのだ。

瓜子姫

老夫婦が授かった〝子宝〟

昔むかしのことだ。山深いあるところに、おじいさんとおばあさんが暮らしていた。ある日のこと、おじいさんは山へ柴刈りに、おばあさんは洗濯をしに川へ出かけた。すると、川上から見たこともない瓜がいくつも流れてきたのだそうな。

川面をドンブラ、ドンブラと流れてくる瓜は丸々としていて、ひどくうまそうだ。おばあさんは、なんとかして瓜を取ろうと、手近にあった棒切れで引き寄せて、ようやく拾いあげたそうな。

瓜はずっしりと重く、年老いた女には、ふたつ三つ持って帰るのがやっとだった。残念でならないけれど、なかでもふっくらとしてうまそうな瓜を選んで家路を急いだ。

やがておじいさんが山から帰ってきたので、瓜を見せると、たいそうよろこんだ。さっそく二人して食べてみると、これがまたなんともみずみずしくて、ほっぺたが落ちるくらいうまい。たっぷりと果肉がつまっていて、二人とも腹一杯になってしまった。たらふく食べても、まだ瓜がひとつ残っている。

「この瓜どうしたらよかろうか？」

「鼠にでも食われたらかなわんから、どこかに隠しておくのがよかろう」

「じゃが、どこに隠すのじゃ？」

「そうだのう、誰にも見つからぬところが良いじゃろう」

「誰にも見つからぬところってどこだ？」

「ううむ。ううむ。ううむ。そうじゃ、良いところがある」

「どこじゃ？」

「ばあさん、あんたの股のなかにしまえんじゃろうか？」

「はあ、こんな丸々と太いものがはいるわけがないじゃろが」

「ふむふむ。そんなら長持ちにいれておくか」

じいさんはそういって、丸々とした瓜を長持ちのなかにしまった。

さてその夜、腹一杯になったおじいさんとおばあさんは満足して、早くから布団に入って寝てしまったそうな。うまいものをこんなにたらふく食ったのは、本当に久しぶりだったのだ。

夜もだいぶ更けたころ。どこからか耳慣れない音が聞こえてくるのに気がついて、二人は目を覚ました。

ぎっこん、ばったん、ぎっこん、ばったん……。

たしかに音がしている。さては鼠が匂いを嗅ぎつけて長持ちを齧っているのかもしれぬ。おじいさんとおばあさんはあわてて長持ちを見てみたが、鼠の姿はどこにも見えない。覗いてみると長持ちのなかには瓜がひとつ転がっているばかり。だが、音はこの瓜から聞こえてくるようなのだ。

とにもかくにも瓜を割ってみたところ、二人ともたまげてひっくり返ってしまった。なんと、真っ二つに割れた瓜のなかで、小さな娘が機織りをしているではないか。なんとまあ、不思議な話もあったものだ。

寝床を抜け出す娘

実は、この二人には子どもがなかった。不思議な話でもなんでもいい。ともかく、待望の子宝が授かったと、大いによろこんだ。しかも女の子だったから、それはそれは大切に育てた。娘が年頃になると、悪い虫がつかないようにと、外にも出さなかった。

なにしろ当時は、若い男たちにとって若くてかわいい娘は最高のご馳走に見えたような時代だ。男たちは、暇さえあれば女漁りに精を出していたのだ。家柄のいい若者たちでさえ、仕事といえば、たまに宮中に参内してお務めするぐらいで、たっぷりの暇な時間には若い娘のことばかり考えている始末だ。しかも、たいがいの女遊びは体験済みときているので、なおたちが悪い。

いつでも遊べるような女ではつまらない。彼らにとって興奮できる遊びといえば、大きな声では言えぬが、年端もいかない娘をいたぶることだった。それもいたいけな娘の最初の男になるのが一番の楽しみ。退屈な生活に飽いた若殿たちには、手垢のついていない娘の股を開くときの快感がたまらぬものだったのだろう。

もっとも、そうした若殿たちに自分の娘を売りこむために、わざと目立つような恰好をさせる親もいたというから、愚かな者もあったものだ。実の親が金銀に目がくらんでしまう始末なのだから、若い娘を金儲けの手段にしようともくろむ者は後を絶たない。若くて美しい娘をさらってきては、売りさばくような、荒くれ者もそこいらじゅうをうろついていたようだ。

そんな時代だったから、おじいさんとおばあさんの気苦労も並大抵ではなかっただろう。瓜から授かった娘であっても、二人の大切な宝であることにかわりはない。

そんな、ある夜のこと。老夫婦は、娘が夜着のままふらりと寝床を抜け出していくのに気づいた。もしや、どこかでこっそり男と逢瀬を重ねているのでは、と怪しんであとをつけてみたが、どうもそんな気配はない。娘はふらふら歩き回ったあと、何事もなかったように寝床へ戻り、スヤスヤ寝息をたてて眠ってしまった。

これには、二人は頭をかかえた。この悪い癖を早くなんとかしないと、いつふらりと歩き出して悪い男に見つかってしまうとも知れぬ。瓜から生まれたせいか、うりざね顔の美しい娘に成長し、その評判は殿様の耳にまで届いているらしい。うまくすれば、殿に見初められるかもしれない、という話まで持ちあがっていたというから、おじいさんたちの心配はなおさらだろう。

山に生えている薬草が効くらしいという話を聞きつけた二人は、さっそく薬草摘みにでかけることにした。

だが、娘を一人きりで家に置いておくのも心配でたまらぬ。そこで娘には、こういい聞かせた。

「いいか、誰がきても戸を開けてはならぬぞ。もしや、あまんじゃくがくるかもしれんからな。あまんじゃくは、それはそれは恐ろしい鬼なのじゃ。爪が尖って長く、牙もある。股には、こんなに太いこん棒もぶら下がっている。じゃから、決して戸を開けてはならぬぞ」

股の間がじんわりと

ほとんど外に出たことのない娘は、おじいさんたちの話にすっかり怯えてしまった。二人が出かけてしまうと、戸をきっちりと閉めて機織りに精を出していた。

どれほど時間がたったのだろうか。あたりにはそろそろ夕闇がせまっているようだった。戸の外に怪しげな音が聞こえた気がして、娘は機織りの手を休めた。するとたしかに外で気配がしている。

どうやら誰かが訪ねてきたらしい。戸をこじ開けようとしているのか、ギシギシという音まで聞こえてくるではないか。

「いったい誰がきたのじゃろうか」

あれこれ考えてみても、思い当たる人はいない。おじいさんとおばあさんが帰ってきたのならば、とっとと戸を開けて入ってくるだろう。顔見知りの村人ならば、黙って戸をこじあけるようなことはしないだろう。そう考えたとき、おじいさんがいい残した言葉を思い出した。

「はっ、もしやあまんじゃく……。あまんじゃくがやってきたのじゃ」

戸の外にいるのは、遊び好きの若者であった。夫婦がそろって家を空けたところを見計らって、娘を狙ってきたのだ。だが、娘はそれを知る由もない。震えあがって腰が抜けてしまったが、どうあっても戸を開けさせてはならぬ。両足を突っ張って、必死になって戸を押さえこんだ。

一方、若者もなかなか戸を開けられないので、いらいらしはじめていた。とうとうたまらずに、猫なで声で呼びかけた。

「ううむ、開かぬ。これこれ、娘。この戸を開けておくれ」

「い、い、いやじゃ。何があっても開けぬ」

「なあに、全部開けろとはいわぬから、すこしばかりで構わぬのじゃ。そうじゃ指一本入れるだけでいい。それならよかろう」

「い、いやじゃあ」

「そう無理をいうな。せっかく大キノコを取ってきたというのに。戸を開けてくれなければ、やることもできぬじゃないか。なあ、まずは指一本だけでいいから、開けてくれ」

大キノコと聞いて、娘の心が緩んでしまった。ほんのすこしだけなら構わないだろう。思わず、指一本分だけ戸を開けてしまった。それでも、それ以上開かないように両足を踏ん張って戸を抑えたものだから、奇妙なことになっていった。

わずかばかり開いた隙間から、にょろにょろと大きなキノコが延びてきて、広げたまんまの娘の股の間で、ぬらりぬらりとあやしくうごめいている。キノコはぬめぬめと黒光りしていて、先っぽがつんと尖っている。

「むうう。こりゃあたまらんわい。じゃが、もっと奥まで入りたいのお。なあ、なあ、もう少しだけ開けてくれぬか」

「そ、それは……」

「指一本ではどうもならぬ。なあ」

そこで娘は、手のひらがぎりぎり入るだけの隙間を開けることにした。そうこうしているうちに、股の間がじんわりと熱くなって、しびれるよう感じがしてくる。娘はだんだんと体の力が抜けていくのをどうすることもできなかった。もう突っ張っていた両足には力が入らない。とうとう若者は戸をこじ開けて、まんまと家のなかに入ってきた。

若者は、以前から娘に狙いをつけていたのだ。家のなかに入ると、腰を抜かしている娘を担ぎあげ、外へ連れ出した。若者はいっときも我慢がならなかったが、家にいては、老夫婦がいつ帰ってくるかもわからない。外へ連れ出してから、存分に可愛がろうと悪知恵を働かせたのだ。

裏山の柿の木のところまでやってくると、若者は娘を柿の木の根元に放りだした。どうやら気を失っているらしい。これ幸いと、若者は娘の清らかな体をむさぼりはじめた。さんざん弄んだところで、娘を木に吊りあげると、若者は家に戻った。今度は、金目のものはないかと、家探しをはじめたのだ。

そうこうしているうちに、おじいさんとおばあさんが山から帰ってきた。若者は慌てて娘のふりをすると、機織りの前に腰かけた。

「ただいま。遅うなってすまなんだな」

ガタギシ、ガタギシ……。機織りの音はしても、返事がない。

「おい、どうかしたのかえ」

薄暗い部屋を覗きこんでみると、娘の様子がなんだかおかしい。着物は乱れているし、ごつごつした体つきになっている。よくよく見てみれば、若い男ではないか！

「おおお、こりゃあ、なんてこった」

「娘をどうした」

おじいさんとおばあさんは、つかみかかると、若者を縄でぐるぐる巻きに縛ってしまった。観念した若者は、娘を柿の木に吊るしてきたと白状した。

柿の木に吊るされた娘の姿を見た二人の怒りは、すさまじいものだった。かわいい娘が着物をすっかりはぎとられ、あられもない姿をさらしていたのだから。おじいさんたちは娘の身になにが起こったのかすぐに理解した。

娘の体は穢されてしまったのだ。

「うおおお、なんてこった」

「大事な娘に、なんとむごいことを……」

「殿様のところへ嫁入りできるかもしれんというのに、悔しや」

「初ものでなければ、嫁入りもできぬ」

「むむむむむ」

「むむむむむ」

おじいさんとおばあさんは、縄でくるぐる巻きになった若者をじっと睨みつける。やがて、煮えくり返るような怒りが頂点に達したところで、二人がかりで飛びかかった。

「よくも、よくも、娘をこんな目にあわせたな。思い知れ。思い知れっ！」

何をどうしたのか、記憶にない。気づいたときには、若者は血まみれで息絶えていた。怒りと悲しみでいっぱいになったおじいさんとおばあさんは、年寄りとは思えぬ力で若者をなぶり殺しにしてしまったのだ。

二人はしばらく呆然としていたが、動かなくなった若者を土深く埋めると、娘を柿の木から下ろしてやった。幸い娘は気を失っていただけで、たいした怪我もない。

「じいさま、ばあさま、ここは……」

なんと、娘はあまりの恐怖に、自分の身に何が起こったのか、記憶が定かでなかった。これはじいさんたちにとっては、願ってもないことだった。幸い、あたりには誰もいない。事の次第が知れわたる恐れはない。このまま黙っていれば、何事もなかったことにできるではないか……。

「うわっはっはっはっは」

「うわっはっはっはっは」

おじいさんとおばあさんは、ふいに大きな声で笑い出した。これに娘もつられて大笑い。家に帰り着くころには、三人ともすっかり忘れてしまったとさ。

■『瓜子姫』の原典を読み解く

瓜は女性器の象徴

『瓜子姫（または瓜姫）』は、東北地方の広い範囲と信州や出雲などに語り伝えられてきた代表的な民話である。

老婆が川で拾った瓜から美しい娘が生まれる点と、天の邪鬼（悪者）があらわれて娘を襲おうとする点は共通しているが、結末はハッピーエンドとバッドエンドと、正反対のものが混在している。

東北地方に伝わる『瓜子姫』の物語は、娘が天の邪鬼に犯された末に殺されてしまうという結末のものが多く、まな板のうえで切り刻まれ、食べられてしまうという残酷な物語まである。

それに対し、信州や出雲に伝わる『瓜子姫』は、ハッピーエンドではあるが、ここで紹介した物語のように、天の邪鬼（とされる者）が殺されるものが多い。

我が国には古くから、「中空なものには霊が宿る」という言い伝えや信仰があった。それは、〝中空なもの〟が子の宿る子宮を連想させたからであろう。とくに瓜は、縦に割ると切り口が女陰に似て見えることから、古くから女性器の象徴とされてきた。それゆえ、「破瓜《はか》」という言葉には、「処女喪失」や「思春期の女性」という意味があるのだ。

『天人女房』という民話では、天に昇った男が「決して瓜を食べたり、縦に切ってはいけません」という妻からの忠告を守らなかったため、瓜から大水が出て二人は年に一度しか会えなくなってしまったという七夕を連想させるストーリーがある。

これは妻が、女陰を連想させる瓜に夫を近づけたくない。つまり、ほかの女に目移りをしてほしくないという気持ちをあらわした物語であろう。

川は天上世界とつながっていた

この物語では、食べ切れなかった瓜の隠し場所として「ばあさんの股のなか」があげられているが、これも瓜と女陰の関係を強く印象づけるものといえるだろう。ただし、「瓜を切ったところ、なかから機織りをしている娘が出てきた」という部分に関しては、架空の物語ではなく、実際に起きた妊娠と出産の言い訳と考える研究者もいる。

つまり、いくら子どもをほしがっていた夫婦とはいえ、おじいさん、おばあさんと呼ばれる歳になってから子宝を授かったことを周囲に知られれば、「好き者」とか「お盛んなことで」などと嘲笑されるのが落ちである。そこで、「瓜から出てきた」という作り話をしたというのだ。

「川面を流れてきた果実を切ったところ、そのなかから子どもが現われた」と聞いて、「もしかして『桃太郎』の盗作なのでは」と思う人もいるだろう。しかし、こうした展開の民話は日本全国に様々な形で残されている。なぜなら、昔から川は天上世界につながっているとされており、神の使いが川を利用して人間世界へ下りてくると考えられたためである。柳田国男は、このようなパターンの民話を「小子譚《ちいさこたん》」と命名している。

娘が年頃になると、おじいさんとおばあさんは、悪い虫がつくのではないかと、たいそう心配したという。ご存じの通り、夜、女性の家へ忍び込むことを「夜這い」という。実は「結婚」の「婚」という漢字にも「よばい」という読みがある。つまり、当時はそれほどまでに夜這いがさかんで、それも堂々と行なわれていたというわけで、二人が心配するのも当然だったといえるだろう。

そこで二人は、「あまんじゃくという恐ろしい鬼がくるかもしれないから、決して戸を開けてはならぬ」と娘に話して聞かせたのである。あまんじゃくとは「天の邪鬼」のことで、二人は「恐ろしい鬼」と話しているが、一般的には神様や人に反抗して意地が悪く、その姿や口まねをする下等な妖怪を指す。

「股にはこんなに太い棍棒がぶら下がっている」というのは、いうまでもなく男根ある。魑魅魍魎の多くは、巨大で恐ろしい形をした男根を持っていると伝えられるが、この場合は天の邪鬼の恐ろしさを誇張するための言葉であろう。

記憶喪失は防衛本能

おじいさんとおばあさんが家を空けたその日、二人が心配した通り、若い男がやってきた。しかし、恐ろしい話を吹きこまれていたから、娘は戸を開けようとしない。そこで男は「とってきた大キノコをやりたい」といって、指一本分だけ戸を開けさせた。

「にょろにょろと大きなキノコが延びてきて、広げたまんまの娘の股の間で、ぬらりぬらりとあやしくうごめいている」というのは、やはり男根のことだ。すでに若い男の一物はいきりたっていたと考えられるから、指一本分の隙間に差し込むのは苦労しただろう。しかも、扉越しに本懐を遂げることができるほど長い一物を持っていたとも考えられないから、まさに生殺し状態である。

それは娘も同じことで、当時は下着などつけていなかったから、股間をペニスで刺激されたら、体の力が抜けて当然だ。しかも人には、一度でも聞いてしまえば、それからは断れなくなるという心理が働く。「もう少しだけ開けてくれぬか」といわれれば、その通りにしてしまうのだ。そして、娘はついに若い男の餌食になってしまった……。

セックスを終えて闇に消えるのなら、単なる夜這いである。ところが、ここで若い男は浅はかな暴走をする。まずは娘を柿の木に吊すと、金目の物はないかと家捜しをはじめた結果、老夫婦に見つかってしまうのである。

娘を犯されただけでも怒り心頭に発しているというのに、ここまでひどいことをされたら二人の怒りが爆発しても当然だ。さすがに殺されたのは哀れだが、それも自業自得である。

だが、娘が犯されたときの記憶を失い、じいさんとばあさんまで若者をなぶり殺したことを忘れてしまうのは、いかにも虫がよすぎる展開だと首をかしげる人もいるだろう。しかし、これは強いストレスから精神を守ろうとする自己防衛本能が働いたことであり、現代でも決して珍しくはない心理現象なのである。

ちなみに、殺された若者（地域によっては天の邪鬼）の体から流れ出た血は大地に吸いこまれ、それ以降、蕎麦やクリ、キビなどの一部が赤くなったとする物語も多い。そしてこの後、娘は結婚し、富と幸せを得たという結末も多く、これらはすべて豊饒を意味しているともいわれる。

別の見方をすれば、この『瓜子姫』は、天から下りてきた神（瓜子姫）と天を追われた邪鬼（悪）が戦い、神が勝利するという勧善懲悪を描いた物語と考えることもできる。

鴨とり権兵衛

鴨ではなく娘を捕る

ずっと昔のこと。ある村に、鴨とり権兵衛と呼ばれる男がいた。鴨とりというくらいだから、元は猟師をしていたのだが、最近は鴨どころか雀もろくにとれやしない。それなら、どうして生計を立てていたのかといえば、驚くことに人の売り買いをしているというではないか。

金に困っている家があるという話を聞けば、権兵衛はそこを訪ねた。そして、まっさきにこう聞いたという。

「この家に、若い娘はいるかね？」

人の売り買いといっても、誰でもいいというわけではない。鴨とり権兵衛が狙うのは、もっぱら若い娘なのだ。

しかし、いくら金に困っていたといっても、手塩にかけて大切に育てきた娘だ。金で手放すのは心苦しいにきまっている。そう簡単に首を縦に振るわけもないのだが、権兵衛は言葉巧みで、その口のうまさに、みんなコロリとだまされていたのだ。

「お大尽の家で奉公できるように取りはからってやるから、安心してけろ」

これが、権兵衛のいつもの落とし文句だった。

お大尽の家で奉公するなら安心だ……。そう思ったところで、目の前で金をちらつかされると、みんながみんな首を縦に振ってしまうのだ。もちろん、娘たちの行き先はお大尽の家であるはずもない。遊郭や矢場に売り飛ばされて、男たちの相手をさせられるのだ。

こういう店で働いている職業女は、すれっからしが多かった。だから、権兵衛が連れてくる、男もろくに知らない若い娘はとてもよろこばれた。器量が良ければ、買い値の百倍で売れることもあったとか。これでは、鴨やウサギを撃っているのが馬鹿馬鹿しくなるのも無理はなかろう。

九九人でもまだ足りぬ

五月まで雪が残る寒い寒い年のこと。いくら稲を植えてもちっとも育たず、一反の田んぼから一升ほどの米しかできなかった。しかし、それでも年貢の取り立ては止まないから、農民たちは金の工面に困り、どこへいっても暗い顔しか見ることができない。そんななかで、権兵衛だけがほくそ笑んでいた。なぜならば、娘を大量に仕入れて売り、大金を稼ぐまたとない機会だったからだ。

年貢を納める時期になると、権兵衛はいままで稼いだ金をすべて懐に入れ、若い娘がいる家をしらみつぶしに回っていった。そして、金をちらつかせては、次から次へと娘を仕入れ、自分の家へ連れ帰った。

いつもなら二、三人仕入れたところで、すぐに町へ売りにいったのだが、それでは手間がかかってしかたがない。なんといっても、今年は〝豊作〟なのだ。そこで権兵衛は、仕入れた娘たちをひとまず物置小屋へ放り込み、まとめて売りにいくことにした。もちろん娘たちが逃げないように手かせ足かせをするのは忘れなかったし、勝手なことができないように、娘どうしの手かせを縄で結んでおくのも忘れなかった。

権兵衛の思惑通り、娘はどんどん集まった。驚くことに、物置小屋だけでは収まらず、母屋までも娘たちで埋まってしまうほどだった。

「ずいぶんと集まったもんだな。これじゃ、若い娘の匂いでむせ返るのも当然だ。さて、そろそろ売りにいこうか」

そういって権兵衛は娘の人数を数えはじめた。

「……九七、九八、九九。ほう、九九人か。いかにも中途半端だな。あと一人買って百人にしてから連れていくとするか。しかし、若い娘はあらかた買っちまったからな。さて、どこであと一人調達したものか」

そんなことを考えていると、ドンドンドンと戸を叩く音がした。「まさか、娘を取り返しに来たんじゃあるまいな」と思いながら、鉄砲を握りしめて戸を開けると、そこには庄屋が立っている。

庄屋の娘を味見

「あんれま、庄屋さんじゃねえか。いくら庄屋さんの頼みでも、娘たちは返せねえよ」

「そんな用できたんじゃない！」

「なら、なんの用だね？」

すると庄屋は、吐き捨てるようにいった。

「うちの娘を買ってほしい」

いままでは屋敷に近寄ることも許されなかった庄屋が、むこうから「娘を買ってくれ」といってきたのだ。さすがの権兵衛も驚いたが、断わる理由はなかった。これで晴れて百人の娘が集まったことになる。何より、庄屋の娘は息を飲むほど美しかったのだ。

権兵衛は御祝儀がわりにたっぷりと金を渡すと、庄屋の気が変わらないうちに追い返した。その後ろ姿を見送ったところで、娘に手かせ足かせをすると三和土に転がした。

「な、何をするんですか！　乱暴はよしてください」

「何をするって、味見に決まってるじゃねえか。痛くしねえから、安心しな」

もちろん娘は抵抗したが、手かせ足かせをしていてはとてもかなわない。犬のような恥ずかしい姿でねじ伏せられると、声をあげる間もなく着物の裾をまくりあげられてしまう。真っ白な尻を露わにすると、権兵衛はおもむろに鼻先を寄せる。そうして恥ずかしい部分をじっくりと視姦したあと、今度は指先でいじくりはじめた。

「あん」

思わず娘は甘い吐息を漏らし、権兵衛の指先を濡らした。

我慢できなくなった権兵衛は、興奮して大きくなった自分の一物をとり出すと、娘の尻の割れ目にブスリと差しこんだ。すると娘がますます艶めかしい声を出すものだから、権兵衛はあっという間に果ててしまった。

塵も積もれば山となる

精を放ったら、眠くなるのが男というものだ。権兵衛は庄屋の娘が逃げ出さないようにと、手かせをほかの娘たちと縄で結びつけると、あっという間に寝込んじまった。

もちろん、庄屋の娘は眠れるはずもない。同じような年の娘たちの前で辱めを受けたのだ。それも犬のような恥ずかしい姿で。しかし、手かせに通された縄が邪魔をして、仕返しすることも、父親にいいつけるために逃げ出すこともできない。

しかし、ここで諦めないところが、庄屋の娘たるところだ。泣いてばかりの娘たちを一人ひとり説得してまわったのだった。

そしてその翌日。

何も知らない権兵衛は数珠つなぎになった百人の娘たちを引き連れて、家を出た。庄屋の娘が怒って暴れるのではないかと心配していたが、そんなこともなく旅は順調そのもの。あとひとつ峠を越えれば目指す町にたどりつく。

だが、ちょうど峠の頂上にさしかかったときである。

いきなり、庄屋の娘が「さあ、みんな力を出して！」と叫んだ。その声を合図に、娘たちはひとかたまりになると、ぐるぐると回りはじめた。

「お、お前ら、なにしとるんじゃ。逃がしてなるものか！」

さすがの権兵衛も、百人の娘があわせた力にはかなわない。振りまわされた権兵衛の足は、あっという間に地面から離れてしまう。しかしそれでも縄を離さなかったから、権兵衛の体は、娘たちが回るのとあわせてぐるぐる回ることになる。

「大変じゃ。た、助けてくれぇ」

するとと、庄屋の娘から声が飛んだ。

「助かりたかったら、手を離してごらんなさい」

その声を聞いた権兵衛は、思わず手を離してしまう。すると、権兵衛の体は空を飛ぶように勢いよく放り出された。

「ぎゃーっ」

末期の悲鳴を谷間に響かせながら、権兵衛は峠の下へともんどりうって落ちていった。

それっきり、権兵衛の姿を見た者はいないという。

■『鴨とり権兵衛』の原典を読み解く

女衒になった権兵衛

『鴨とり権兵衛』も、全国各地に伝わっている民話のひとつである。その多くは、百羽の鴨を一度に捕まえようとした猟師の権兵衛が、逆に空を舞うという内容である。だが、鴨には「鴨にする」とか「いい鴨」という使い方があることからもわかるとおり、利用しやすい人物という意味もある。つまり、鴨とり権兵衛が捕まえようとしたのは鴨ではなく、「いい鴨」だったという可能性が高いのだ。

昔のいい鴨といえば、なんといっても娘だろう。ではなぜ、権兵衛は百人もの娘を捕まえることができたのか。それを考えていくと、この物語の真の姿が見えてくるのだ。

江戸時代でも、人身売買は厳しく禁じられていた。もっとも取り締まりはあまり徹底していたとはいえず、「女衒《ぜげん》」という人身売買仲介業が大手を振ってまかり通っていたようだ。語源は〝女を味見する〟という意味の「女見《じょけん》」で、これが転じて女衒になったといわれている。

つまりこの物語のように、鴨とり権兵衛が庄屋の娘を〝味見〟したのは、しごく当然のことだった。庄屋の娘だけではあるまい。ほかの娘を権兵衛が味見していたとしても、おかしくはないのだ。

この時代、女衒が娘を調達する手口にはかどわかし（誘拐）も含まれていた。その意味では、金を払っていた権兵衛は、まだ良心的だったかもしれない。しかし、その代金は多額の周旋料や雑費などを引かれたもので、売り手（家族）にはわずかな金しか渡らず、女衒は暴利を貪っていたという。金が儲かり、しかも若い娘の味見ができるのだ。権兵衛も真面目に猟師などやっていられなかったろう。

女衒が買うのは主に十代前半の娘で、遊郭に売られ売春をさせられることが多かった。この物語には「矢場に売られる」とあるが、実は江戸時代の矢場は、遊郭と同じように売春目的の遊技場だったのである。

名目上、矢場にいる女の仕事は、客が射た矢を集めるということになっていた。しかし実際には、小さな部屋がいくつも設けられており、そこで性的サービスをしていた。

しかも、吉原などの遊郭が幕府の正式許可の下で営業していたのに対し、矢場は無許可営業の風俗店であった。それゆえに客との間にトラブルも多く、「ヤバイ」という言葉はこの「矢場」からきているとされるほどである。ちなみに、矢場は天保改革で禁止されたが、実際には明治中期ごろまで、浅草などに存続していた。

庄屋の娘は遊び好き

いまでこそ着物用の下着が売られているが、江戸時代に着物の下に身につけていたのは肌襦袢と長襦袢だけ。ただ腰を巻いているだけで、今日の下着のように股間が隠れるものは身につけていなかった。だからこそ、権兵衛に犬のようなかっこうをさせられた庄屋の娘は、簡単に秘部を開帳してしまったのである。

もっとも、庄屋の娘もただ者ではないようだ。

おそらく十代前半だというのに、すでにたくさんの男を知っていたようだ。そうでなければ権兵衛の一物が差しこまれただけで、いともたやすく艶めかしい声を出すはずはないだろう。

それればかりではない。女衒をしている権兵衛があっという間に果てたということは、庄屋の娘の秘部はかなり具合が良かった、あるいは、男をよろこばせる術を知っていたと考えられる。いずれにしても、この娘であれば、このまま遊郭に売られたとしてもかなりの売れっ子になれたはずだ。

女を甘く見るな

数珠つなぎになった百人の娘を町へ連れていく権兵衛の姿を見た者たちは、さぞかし驚いたことだろう。これは、男性の征服欲を象徴したシーンである。

いまや男女同権は常識だ。しかし男の心の奥底には、「男の方が女より上」という気持ちが根強くある。だからこそ、女を征服したいという考えを持っている。DVの加害者に男が多いのも、そこに理由がある。それはこの時代も同じで、権兵衛が庄屋の娘を後ろから犯したのも、女性への征服欲を象徴しているのだ。

だが権兵衛は、町を目前にして百人の娘に振り回されたあげく、峠の下へ放り出されてしまう。これはいうまでもなく「女を甘く見るな」「女は恐ろしい」という警告である。

つまり、「女は男の下」「征服されて当然」と考えていると、いつか必ず痛いしっぺ返しを喰らうということだ。

くれぐれも注意したいものである。

姥皮

継母から追いだされた娘

あるところのある村に、たいそうな金持ちが住んでいた。

その旦那には嫁もいたが、娘を一人産んだところで死んでしまった。しばらくは独りでいたが、心配した親類の世話で後家をもらうことになった。すると、後家には子どもがたくさん産まれた。こうなると、後家は前妻の娘が憎らしくなり、様々に意地悪をするようになった。なんとかして、この娘を家から追い出そうとしたのだ。

くさりかけの魚を食べさせたり、熱い油を浮かべた味噌汁を飲ませたりした。蛇のたくさんいる沢に遊びに行かせたり、熊の出る山に置き去りにしたりした。それでもなかなかうまくいかない。

業を煮やした後家は、娘の乳母を呼びつけるとこう命じた。

「もう、どこへでもいいから、あの娘をこの家から追い出しておくれ」

乳母は娘をかわいがっていたから、なおさら不憫でならなかった。だが、このまま家にいては、どんな仕打ちを継母から受けるかもしれない。旦那と相談して、やむなく家から出すことにした。旦那はせめてもの償いにと、千両の金を持たせた。

そして旅立ちの日、見送りは乳母一人だった。

「お嬢さんは器量も良いし、お金もたくさん持っているから、用心しなければいけないよ。さもなければ、きっと危ない目に会うからね」

乳母はそういい聞かせると、それをかぶると醜い老婆に変身できる〝姥皮〟という不思議なかぶり物を娘に手渡した。娘はもらった姥皮をかぶり、老婆の姿で家を出ていった。

匂いたつ女の薫り

乳母のいいつけを守り、娘は年寄りの格好をしたまま、あちらこちらへ転々としながら暮らした。そして、ある町の金持ちのところで、下女として雇われることになった。

娘は風呂に入るとき以外、いつも姥皮をかぶって働いた。そして風呂のときも一番最後に入るので、娘の本当の姿を誰も見たことがなかった。

ところがある夜、最後に風呂に入っていると、小窓から誰かが覗いている気配がした。

「誰だい？」

「お前こそ誰だ？」

娘がそう尋ねると、男の声が返ってきた。その声の主は、この家の一人息子の若旦那だった。若旦那は扉を乱暴に開けてずかずかと風呂場に入ってくると、娘につめ寄った。

「女、お前は誰だ?」

どうしようかと困りはてた娘は、一計を案じた。ここは色仕掛けで逃げるに限ると覚悟を決めて、湯船からザザーッと立ちあがった。そうして、若旦那の前に生まれたままの姿を露わにしたのだ。

「若旦那、私のことは内緒にしてくださいまし」

湯船からあがった娘の体からは、女の匂いが立ちのぼっている。ほどよく実ったふたつの乳房はつんと上を向き、若い柔肌は湯水を弾いている。若旦那はその姿にすっかり魅せられてしまい、怪しい女と思いながらも、武者ぶりついてしまったのだ。

若旦那は無我夢中で張りのある乳房を揉みしだき、娘の濡れた場所に顔を埋めた。それから娘に覆いかぶさると、あっという間に果ててしまった。

これではまだ足りぬとばかりに、今度は娘が若旦那に武者ぶりついて押し倒すと、自分が上になって腰をくねらせた。そうやって、若旦那の男の部分を締めつけるものだから、たまらない。若旦那はますます夢中になった。

すると娘は湯船の角に腰かけて、誘うような視線を投げる。こうして若旦那を湯船に誘いこむと、自ら大股を開き、これ見よがしに秘所を見せつけたのだ。

たまらずに、若旦那は手を伸ばす。しかし、娘は「まだだめ」とじらす。しびれを切らして立ちあがろうとすると、「もうすこし」と肩を押さえて湯に浸けた。そのうちに若旦那は女体と湯にのぼせてフラフラになり、すのこの上に倒れこんでしまった。

娘は急いで姥皮をかぶると、部屋に戻って身繕いをした。そして、改めて風呂場へいき、大声を張りあげたのだった。

「あいや～、若旦那。どうなさいましたかの。誰か、誰か！　若旦那が」

性技に夢中になった若旦那

あくる朝、湯あたりはすっかり治ったはずなのに、若旦那は呆けたままだった。それもそのはず、風呂場で出会った怪しい女の性技に、すっかりのぼせあがってしまったのだ。

恋患いの若旦那は、心配した父親が呼んだ占い師に胸の内を打ち明けた。これを聞いた占い師は、「私に任せなさい」といって若旦那を安心させると、大旦那にこう告げた。

「若旦那は、家の者に気に入った者があるようじゃ。その者と添わせれば、病は治る」

そこで大旦那は、家中の女という女を一人ひとり若旦那の部屋に訪ねさせた。そして、占い師の指示で、このとき「薬でもお湯でもあがったらいかがですか」とみんなにいわせることにした。

ところが、どの女がいってみても、若旦那の気に入った女は見つからない。とうとう、下女の老婆一人になってしまった。

「私みたいな婆がいって、どうなるわけでもあるまい」

当の本人がいきたがらないし、誰もがまさかとは思っていたが、一応は女だ。

「どうでもいいから、まあいってみなさい」

しぶしぶ老婆は若旦那のもとへいって、ささやいた。

「お薬でもお飲みになりますか」

しわがれたその声を聞いたとたん、若旦那は叫んだ。

「このおなごじゃ。これに間違いない」

大旦那は首を傾げたが、若旦那は床から飛び起きた。そして姥皮を取ってみると、なかから若い娘が現れた。若旦那は、姥皮に隠れた本当の姿を見破ったのだ。

「私の嫁になってくれるな。いいな」

二度と離すまいとばかりに若旦那は娘をきつく抱き、そう懇願した。観念したのか、それとも情熱に押されたのか、娘はこくりとうなずくのだった。

こうして町の大尽の嫁になった娘は、いつまでも幸せに暮らしたということだ。

■『姥皮』の原典を読み解く

継母はなぜ悪者なのか

「姥皮」とは、それをかぶると醜い老婆に変身することができる、いわゆる〝魔法のマント〟のようなもので、老婆の皮を剥いだものではない。この姥皮を題材とした昔話は全国的に伝承されており、以前助けたことのあるカエルや妖怪、山姥などから授かったという物語が語られている。

実は『姥皮』と同じように、かぶると醜く変身する〝魔法のマント〟の物語は世界中に存在する。たとえば、グリム童話の『千匹皮』やペロー童話集の『ロバの皮』などもその類型といえるだろう。

そして、主人公の娘が継母にいじめられるという物語も、世界中に見られる。このように、継母＝悪者というイメージを人々に植えつけたのはグリム兄弟だという説がある。たとえば『白雪姫』や『ヘンゼルとグレーテル』に登場する継母が好例で、これらが広まることで「継母は冷酷非情」というイメージが世界中で定着したというのだ。

もっとも、これらの初版では、主人公をいじめているのは実母であった。しかし、読者から強い批判を受けたため、第二版以降では「実母」の部分がすべて「継母」に書き換えられたのだ。しかし、グリム童話以前に作られたと思われる物語を見ても、継母が悪者として登場するケースは多い。それはなぜなのか？

心理学的に見ると、母親には「優しく見守ってくれる母親」と「厳しく突き放す母親」の二面性がある。そして「厳しく突き放す母親」は、子どもが新たな世界へ飛び出そうとするときに必要不可欠な存在だという。

たとえば、幼稚園や学校へ通いはじめたときのことを思い返してみていただきたい。そこでは何が待ちかまえているかわからない。家から出たくないと思ったこともあるだろう。そんな子どもの背中を押し、ときには尻を叩いて送り出してくれたのが「厳しく突き放す母親」だったのだ。つまり、物語に登場する継母たちは、子どもたちがあまり見たくない一面だけがクローズアップされた存在なのである。

プロの秘儀をもつ娘

話を『姥皮』に戻そう。ここで取りあげた物語では、主人公は大金持ちの娘である。しかし、娘の立場にはさまざまなパターンがあり、たとえば『御伽草子』に収蔵されている『姥皮』の物語では、継母に憎まれて虐待された姫君が主人公になっているのだ。

追い出されたとき、娘はなんと千両ものお金を持たされている。当時は銀行や郵便局などないので、若い娘がこんな金額を持ち歩いていることが知れたら、あっという間に悪人の餌食になっていただろう。そこで、乳母が娘に与えたのが「姥皮」である。

姥皮のおかげで、娘はどうにか生き延び、まっとうな就職先を見つけることに成功する。だが、それもつかの間。姥皮を脱いでいるところを若旦那に目撃されてしまう。昔の風呂にはいまのような目隠しや曇りガラスなどなかったから、その気になればいつでも簡単に覗くことができた。もっとも、最後に風呂に入るのは年老いた下女とわかっていたはず。それでも覗いていたのだから、この若旦那、かなりの好き者だったに違いない。

ずんずんと風呂場に踏みこんできた若旦那に、娘は色仕掛けで対抗するから恐れいる。もしこのとき娘が悲鳴をあげていたら、「いったいお前は誰だ」「泥棒にちがいない」という、収拾のつかない事態になっていたはずだ。根なし草の生活で強くなったのだろうか、いかに娘の度胸が据わっているがわかるだろう。

それにしても、素人女と思えない性技は、どこで身につけたのだろうか。若旦那を押し倒してまたがり、一物をたっぷり締めつけた腰使い。湯船の角に座り、自ら股を開いてみせる艶技。かくして、遊び人らしい若旦那をフラフラにしてしまったのだから、ただ者ではない。

おそらくこの仕事に就く前、姥皮をかぶった娘は遊郭などでも働いていたのではあるまいか。そこで、男をよろこばすプロのテクニックをしっかりと身につけていたのだろう。それにしても、芸は身を助けるとはよくいったものだ。

姿は変えても匂いは変えられなかった

もともと好き者だった若旦那が、若い娘にいきなりプロはだしの性技で攻められたのだから、その〝味〟を忘れられなくなったのは当然のこと。寝込んだ気持ちもわからないではない。占い師はしたり顔で「気にいった者と添わせれば病は治る」と語ったようだが、そんなことは占い師でなくとも誰でもわかる。

それにしてもうらやましいのは、家中の女という女と〝面通し〟ができたこと。現代であれば、セクハラと訴えられてもおかしくないはずだ。

ところで、若旦那はどのようにして娘の変装を見破ったのだろうか。そのヒントは、やはり風呂でおこなわれた秘め事にあった。

若旦那が娘を抱いたとき「女の匂いが立ちあがった」とある。日本人は体臭がすくないことで有名だ。しかし、だからといって体臭がないわけではない。わずかではあるが、一人ひとりがまったく違った体臭を発散しているのだ。

最新の研究でも、匂いというのは私たちの記憶に深く刻み込まれることがわかっている。姥皮で姿形は変えていても、彼女の全身から立ちのぼる匂いに若旦那はピンときたのであろう。その意味では、匂いフェチにはたまらない話なのかもしれない。

知恵有殿

間男の顔を見てみれば

昔むかし、あるところの村に、五平という男がいた。

ある日、五平は大事な用で出かけていた。すっかり日も落ちて、夜道を急いで家に帰ると、家のなかから女のもだえるような声が聞こえてきた。

「はて、おらの家には、おっかぁしかいねえはずだ。いったい、誰の声かの」

戸の脇の小窓をそっと開けてなかを覗いてみると、布団から顔だけ出したおっかぁが、天にも昇らんばかりにもだえているではないか。

布団を見ると、こんもりと盛りあがっていて、もぞもぞと動いている。

こりゃ間男に違いない。五平はがらりと戸を開けて、部屋に飛びこんだ。

「こりゃ、うちのおっかぁと何してる」

土間にあった棍棒を手にすると、板の間に駆けあがる。その勢いで布団をはぐと、間男の背中を思い切り殴ってやった。

間男の方はたまったものではない。五平のおっかぁがあまりによろこぶもんで、股間に顔を埋めて女の部分に舌をはわせていたところに、いきなり背中をゴツンとやられたのだ。

「う〜ん」

間男は這いつくばったが、それでは気持ちがおさまらない。五平は二度、三度と殴りつけたので、間男はそのままぴくりとも動かなくなってしまったのだ。

「おめえは誰だ」

間男の面を一目見ようと裏返してみると、どうしたことか、村の旦那さんではないか。五平はおっかぁの不貞はすっかり忘れ、心配するばかり。

「どうすべ、どうすべ」

すると、間男と一つ布団にいたおっかぁも、つられておろおろしはじめる。

「どうすべ、どうすべ」

それから二人は、顔を寄せあって相談した。

「そんだ、これは知恵有殿に相談するほかあるめぇ」

知恵有殿は村一番の知恵者だ。困ったことがあると、相談するのがこの村の住人のならわしだった。おっかぁは、急いで知恵有殿を呼びにいった。

やがて知恵有殿がやってくると、五平はわけを話した。

「よしよし、わしが引き受けた」

すると、知恵有殿は死んだ旦那を担いで、どこかへいってしまった。

壁の隙間から覗いた男は誰だ

知恵有殿が向かったのは、村の若者が開いている賭場だった。知恵有殿は賭場になっている家の壁に旦那を寄りかからせると、壁をコトコト叩いただけで逃げてしまった。たったそれだけのことで、家のなかは蜂の巣をつついたような大騒ぎ。

「誰かが覗きにきたぞ」

若い者が棒を持って外に飛び出すと、男が一人、壁の隙間からなかを覗いている。

「こら！　なんだお前は」

若い者が棒で背中を叩きつけると、バタンという音とともに男は地面に倒れてしまった。みんなも出てきて、男を裏返してみると、こりゃ大変、村の旦那ではないか。

「死んでおる。大変なことをしてしもた。ここはひとつ、知恵有殿に相談するべ」

今度は若者たちが、知恵有殿を呼びにいくことになった。

「よしよし、わしが引き受けた」

わけを聞いた知恵有殿は、またしても旦那を担いでいってしまった。

知恵有殿は、今度は旦那の家に向かった。それから、戸口をトントントンと叩くと、旦那の声色を真似て呼びかけた。

「かかぁ、いま帰った。開けてくれんかい」

すると、おかみさんの声が返ってくる。

「お前さんみたいな、夜遊びばかりする者は帰ってこなくてもいい」

それを聞いた知恵有殿は、しめたとほくそ笑む。

「それでは井戸のなかに飛びこんで死んでしまうど」

そういうと、旦那の死体を井戸に放りこんで逃げてきた。

次の日、村中に旦那の死が伝わり、通夜と葬式の連絡が回ってきた。

「さすが知恵有殿だ」

五平もおっかぁも、博打打ちの若者も、ホッと胸をなで下ろした。

おっかぁのお礼

旦那の葬式も終わって知恵有殿が家にいると、博打打ちの若い者がやってきた。銭をお礼に差し出すと、きまりが悪そうに何度も何度も頭を下げて、帰っていった。

それからしばらくして、今度は五平のおっかぁが頭を下げ下げやってきた。

「旦那さんのことは、本当にありがとうございました。お礼をしなくちゃいけないけんども、うちにはなんもないもんで、おらの体でよかったら慰みに使ってくだされ」

それではと、知恵有殿は五平のおっかぁを膝の上に引き寄せる。そして自分の一物を口に含ませて、大きくなったところで下の口に差し入れた。こうして知恵有殿は、おっかぁのお礼をたっぷり受け取ったのだ。

それから何日かすると、今度は五平が血相を変えてやってきた。なにやら、相談事があるという。手をひかれるままに、一緒に五平の家にでかけてみると、今度は旦那のおかみさんが布団の上で死んでいるではないか。

聞けば、五平と前々からできていたおかみさんが一つ布団で汗をかいていると、今度は五平のおっかぁが飛びこんできた。そして、おかみさんを殴り殺してしまったそうだ。あとになっておかみさんとわかったが、どうすることもできずに相談にきたのだった。

「よしよし、わしに任せておけ」

いつものように、知恵有殿は胸を叩いた。知恵有殿はおかみさんの死体を担いで、主人のいなくなった旦那の家にいくと、そのまま死体を井戸に放りこんでしまった。

「旦那のあとを追います」

それから、井戸の近くの木の幹に辞世の言葉を刻んで逃げてきてしまった。

おかみさんの通夜と葬式の知らせがくると、五平夫婦はホッと胸をなで下ろした。

相談相手がいなくなった

葬式が終わってしばらくすると、五平のおっかぁが知恵有殿の家にやってきた。

「なんとお礼をいっていいやら。けれども、なんもないので、やっぱり私の体でお礼をさせていただきます」

おっかぁは自分から知恵有殿の股の間にかがみこみ、一物を露わにすると、舌なめずりをしてパクリとくわえこんだ。

そうして男根を十分に大きくすると、知恵有殿にまたがってもだえはじめた。

前のときのおっかぁは、知恵有殿のなすがままだったが、今度は逆に、知恵有殿の方が圧倒されてしまった。

「よかっただか？　これでよかっただか？」

おっかぁは、十分なお礼ができたかと聞いた。

「よかった。おお、よかったとも。今度また、いい目に会わせておくれ」

おっかぁも嫌いではないもんだから、「おらで良かったら、いつでもどうぞ」と答えたのだ。

その後、知恵有殿は五平の目を盗んでは、おっかぁに礼をしてもらいにいった。

そんなある日のこと、知恵有殿が布団に潜りこみ、おっかぁの大事な部分を舐めたり、含んだり、軽く咬んだりしていたときだ。

ガラガラッと戸が開く音がした。五平が帰ってきたのである。

そして、おっかぁがあえぎ声を漏らしている様子を見るなり、土間にあった棍棒をつかみ、板の間に飛びあがった。そのまま布団をはぐと、夢中になっている知恵有殿の背中を思い切り叩きつけたからたまらない。

「う〜ん」

知恵有殿は、一瞬うなって、そのまま死んでしまった。

五平は、おっかぁの相手が知恵有殿と知って驚いたが、すぐに心配になってきた。

「どうすべ、どうすべ」

「どうすべ、どうすべ」

けれども、もう相談する相手がおらず、夫婦は大いに困ったとさ。

■『知恵有殿』の原典を読み解く

『源氏物語』にも描かれた性風習の「夜這い」

日本の民話やおとぎ話のなかには、神話的なもの、伝説的なもの、童話的なものから、夜這い話のような日常の下世話的な話まで、なんとも幅広いものがある。

この『知恵有殿』は、まさにその夜這いをテーマとした物語だ。夜這いというと、現代ではいかにも犯罪臭がするが、その昔の社会では、性風習のひとつとして黙認されていたのである。性に対しての考え方が大らかだった時代には、性の習俗として「夜這い」が重要な役割を果たしていたのだ。

日本の文学史上に輝く『源氏物語』でも、主人公の光源氏は何度も夜這いをしている。当時の女性は、ほどほどの年になると男の前に姿を見せず、外出もしない。家のなかでも、男と話をするときは衝立などを通して話をした。

そんなわけで、どこかに良き姫がいても、顔は見えず、想いを恋文にして届け、その返事があれば夜になって姫の元に通うのである。もっとも、なかには強引に押しかける猛者もあり、なかば強姦のようなケースもあったようだ。

性に奔放な時代を生きる知恵

昔の農村では、「村の娘と後家は若衆のもの」という共有の意識があったという。農村には若者組があり、婚姻の規制や承認を行い、夜這いについても一定のルールを設けていたようだ。

男子は一五歳（数え年）で「若衆宿」という共同の宿舎に入り、先輩に指導されて夜這いをはじめる。女子は一三歳で「娘宿」に入るのだが、夜這い男を受け入れられるかどうかは、娘宿のリーダーがそれぞれの娘の発育の状態を見て判断した。

民俗学的な研究によると、日本の村のような共同体では、女子は初潮を迎えた一三歳、あるいは陰毛の生えた一五、一六歳から夜這いの対象とされたようだ。

夜這いの相手ができる女性は、結婚前の娘と後家に限られるとか、人妻も含めて子ども以外の村の女が対象になるなど、村によって違いがあった。同じ村の若い衆には夜這いを認めても、よその村の若い衆には認めないといった制限もあったそうだ。

なんと、夜這いをかけて娘と交わったあと、隣の部屋で寝ている娘の母親と交わったりする場合もあったという。そんなときは、亭主は気づかぬふりをした。自分も若いころに夜這いをしているので、お互い様というわけだ。当然のことながら、夜這いにきた男の子どもを自分の妻が身ごもるケースもあったというが、亭主はそうして生まれてきた子でも、黙って育てたようだ。

つまり、夜這いは村公認の性の風習であり、村人たちはそれを異常と思わない環境で成長するのだ。仮に、夜這いが原因で事件が起きたとしても、物語に描かれているように、ことを荒だてたず、うやむやにしようというのが村全体の総意というわけである。『知恵有殿』の根底には、性に奔放な時代を生きた人々が身につけていた、穏便に暮らすための〝知恵〟が隠されているのだ。

因幡の白ウサギ

夜這い待ちの行列を作る巫女

昔むかし、因幡の海辺の村に、美しい巫女が住んでいた。この娘は美しいだけでなく、頭が良い。性格も申し分がなかったのだが、ひとつだけ欠点があった。なんと、無類の男好きであったのだ。

当時は、好きな娘の寝床に忍びこんで男女の秘め事をすますという「夜這い」がしばしばおこなわれていた。だからといって誰彼となく交わるわけではない。娘としては忍んできたのが誰であるかをたしかめてから、相手を受け入れるのが当たり前であった。

ところがこの巫女ときたら、忍びこんできた相手をたしかめずに、すぐに股を開いた。多いときには一晩で五人も男が夜這いにやってきて、雨戸の向こうに行列ができたこともあったというから、おさかんなことだ。

しかし、男に好かれれば好かれるほど女に嫌われるのは世の常である。この巫女も、同じ年ごろの娘たちから妬まれ、大いに嫌われていた。

しかし、相手は神様のご神託を告げる巫女である。あからさまに意地悪をするわけにもいかない。それを知ってか知らずか、巫女の火遊びは一向にやむ気配はなかった。それが、なおさら娘たちの怒りを買うことになった。

ある嵐の夜のこと、娘たちの怒りが災難となって巫女に降りかかる。結託した娘たちが巫女の家へそっと忍びこみ、彼女を縄でぐるぐる縛りあげた。

「あんたが本当の巫女なら、神様に祈って助けてもらうんだね」

娘たちは巫女を小さな舟に放りこむと、そのまま荒れ狂う海に押し出してしまったのだ。

ワニをだました巫女

巫女が乗せられた小舟は激しい波と強い風に翻弄され、いつ転覆してもおかしくなかった。しかし、神様に仕えてきたおかげだろうか、船は沈むことなく岸に流れ着いた。

たどり着いた先は、壱岐という島だった。因幡の国は目と鼻の先にあったが、その間には深い深い海が横たわっていた。しかも乗ってきた舟はいつの間にか消えてしまっていたから、帰る術はない。涙を浮かべながら、海の向こうにある因幡の国を見つめていると、ワニがあちこちにプカプカと浮いているのが目に入った。

「そうだ、このワニを利用すれば村へ帰れるかもしれない」

賢い巫女は妙案を思いつくと、さっそくワニに声をかけた。

「ねえ、ワニさん。あなたの仲間はたくさんいるようだけど、私がいままでに寝た男の数にはかなわないわよね」

するとワニは、巫女をジロリとにらんだ。

「ふん、そんなわけあるまい。俺たちワニの方が多いに決まっているさ」

「あら、自信満々ね。それじゃ、どっちが多いか比べてみましょうよ」

「ああいいとも。だが、どうやって比べるつもりだい」

「仲間を集めて、この島から向こうに見える因幡の国まで並んでごらん。私が背中に乗って数えてあげるわ」

「よし、おやすいご用だ！」

しばらくすると、壱岐島から気多の岬を結ぶ、みごとなワニの橋ができあがった。

「一匹、二匹、三匹……」

巫女はワニの数を数えながら、その背中を渡っていった。だが、あと一飛びで因幡というところまできたとき、よろこびを隠しきれなくなってしまう。

「はっはっ、だまされたわね。私は因幡の国へ帰りたかっただけなのよ」

思わず、そう口走ってしまったのだ。

ワニたちがたいそう怒ったのはいうまでもない。巫女の着物にかじりつくと、その鋭いキバで丸裸にしてしまったのだ。

巫女は因幡の国へ帰りつくことはできたが、自慢の体はワニのキバで傷だらけだった。血だらけのままで浜辺にうずくまって泣いていると、そこに若者の一団が通りかかった。彼らは、絶世の美女として有名な八上比売《ヤカミヒメ》に結婚を申し込むために出雲の国からやってきたのである。

「おい、ここに妙な娘がいるぞ」

「どれどれ。おや、本当だ。娘の肌というのは白いものとばかり思っていたが、こいつは真っ赤ではないか」

「なんという気持ちの悪い姿だろう」

若者たちはニヤニヤしながら素っ裸の巫女をながめていたが、そのうち一人が彼女にこう教えた。

「早く元気になりたいなら、海水をたっぷり浴びて、丘の上で強い風にあたってみな。そうすれば、すぐに治るぞ」

「ほ、本当ですか！　ありがとうございます」

巫女は教えられた通りにしてみたが、海水を浴びたとたんに、息ができないほど全身が痛んだ。それでも我慢して強い風に身をさらすと、海水が乾いて今度は全身の皮膚があかぎれのようにひび割れてきた。体中から血が噴きだし、地獄のような苦しみが襲ってくる。

「ぎゃー」

巫女は、大きくひどい声で何時間も泣き叫びながら、海岸をのたうち回った。

巫女の恩返し

しばらくすると、たくさんの荷物をかついだ若者がフラフラしながらやってくる。先に通った兄たちの荷物を担がされて、一人遅れてきた弟だ。若者は、血みどろで泣き叫んでいる巫女を見ると、やさしく声をかけてきた。

兄たちに早く追いつかなければどやされるのはわかっていたが、息も絶え絶えになっている巫女を見過すことができなかったのだろう。そして、巫女から話を聞いた若者は、やさしく教えてやった。

「すぐに真水で体を洗い、蒲の穂にくるまってみなさい」

巫女がその言葉に従うと、痛みも、皮膚のひび割れもみるみるうちに消えていった。やがてもと通りの白い肌をとりもどした巫女はおおいによろこび、そのお礼として若者の未来を予言して聞かせる。

「八上比売の心を射止めるのは、彼らではなく、あなたですよ」

まさか、使い走りの自分が選ばれるはずはあるまい。若者は娘が巫女だとは知らなかったから、この予言を信じられなかった。しかし、八上比売が選んだのはこの若者だった。彼女の言葉は本当だったのだ。

■『因幡の白ウサギ』の原典を読み解く

白いウサギは巫女の化身

この物語の舞台になった因幡地方には、「白いウサギは巫女の化身」という言い伝えが残っている。つまり、この物語に登場する白ウサギは、巫女だったと考えた方が自然なのである。そう考えれば、ウサギが人の言葉を話したり、予言をしたのも不思議はない。

性に奔放な巫女が、村の娘たちに妬まれ、海に放りだされた。そうして、ワニに襲われてしまったのだ。となると、全身の毛を抜かれて赤裸だったというのは、巫女が着物をズタズタに引き裂かれ、全身傷だらけで丸裸でうずくまっていたということだろう。

それでは、ウサギの全身の毛を抜いたワニとはいったいなんなのだろうか。日本にワニはいないし、そもそも海水のなかでも生息するのは難しい。定説では「わに」はもともとサメを指すといわれ、山陰地方などではいまでもその風習が残っているという。

しかし、『壱岐風土記』には「昔、ワニに追われたクジラが逃げてきて、この地に隠れた。そこで、この地を鯨伏郷という」という一説がある。このようにしてクジラの狩りを行うのはシャチであることから、「ワニ＝シャチ」と考える研究者もすくなくない。

そのどちらにしても、狂暴な海洋生物に襲われたのだ。相当に傷ついたにちがいない。娘はそんな体で、傷を癒そうと海のなかへ飛びこんだのだ。いっそう痛めつけることを「傷に塩をすりこむ」というが表現あるように、若い娘はこのとき全身にひどい痛みを感じたはずだ。では、なぜ若者たちはこのような嘘を教えたのだろう。

それはおそらく、若い娘の裸をできるだけ長く見ていたいと思ったためだ。その証拠に、そのあとに「丘の上で強い風にあたってみなさい」といっている。そうすれば彼らは、若い娘が一糸まとわぬ姿で丘の上に立っているところをじっくり見られたはずだ。しかし、その後に襲ってきた激痛に、娘はのたうち回るようになる。

あとからやって来た若者は、激痛に苦しむ娘に、「すぐに真水で体を洗い、蒲の穂にくるまってみなさい」と教えた。これは、外傷の治療に利用されている湿潤療法のルーツともいえるものである。しかも蒲の花粉は、止血、鎮痛の効き目があり、現在も漢方薬として利用されているものだ。

はたして、彼女は救ってくれた若者にすばらしい未来を予言してやるわけだが、この謎解きも簡単だ。実は八上比売というのは、この物語の主人公と同じ巫女なのだ。先行する若者たちがどんなにひどい連中か、そして最後にやってくる若者がいかにやさしい人物であるか、この娘から八上比売へと伝えられたことは想像に難くない。つまり、彼女の予言は、八上比売に〝告げ口〟をすることで現実となったのだ。

出雲の王となった若者

では、若者たちはなぜ出雲の国からやってきて、八上比売と結婚しようとしたのか。それはすでに述べたとおり、八上比売がただの娘ではなく、巫女だったためである。当時の巫女というのは単に神意をうかがって神託を告げる者ではなく、地域の支配者であった。つまり八上比売の心をつかむことは、すなわち因幡の国の王になることを意味するのだ。

巫女の〝予言〟通り、八上比売の婿として選ばれた使い走りの若者だったが、これには後日談がある。いままでアゴで使っていた弟分がいきなり王となることに対して、若者たちは多いに反発する。そしてついには、二度にわたって殺そうとしたのである。

そのたびになんとか切り抜けたものの、「このままではいつか彼らに殺されてしまう」と、若者は別の王が治める国へ身を寄せる。その地で若者は数々の難題を解決し、その功績によって王の娘と結婚。生大刀《いくたち》と生弓矢《いくゆみや》という武器を授かり、それを使って若者たちを追い払い、出雲の王になったといわれている。

猿聟入

山賊との約束

ずっと昔、山や里に猿やキツネがたくさんいたころのこと。

そんな山奥で暮らす、じいさんがいた。決して豊かな暮らしぶりではなかったが、三人の娘に恵まれ、幸せに暮らしていたという。

ある日、じいさんは隣の山まで薪を取りにいった。朝から薪集めに精を出していたところ、自分の力では持ちきれないほどになってしまった。さて、どうしたものか。これでは、帰ろうにも帰れない。

困りはてて考えこんでいると、どこからともなく、ひげ面の山賊があらわれた。じいさんは、身ぐるみどころか命まで奪われはしまいかと震えあがった。しかし、どうしたことか山賊は、親切に声をかけてきたのである。

「じいさん、どうしただね。何か困っているのかね」

山賊は愛想の良い笑顔を浮かべていたが、その目には奇妙な光があった。だが、じいさんはそれに気づかない。

「薪を集めすぎて、背負子が背負えなくなってしもうたんじゃ。山賊さん、すまんけども、ちょっとわしを引っ張り起こしてくれんかな」

つい気を許してしまい、頼みごとをしてしまった。それればかりではない。

「頼みを聞いてくれたら、わしの三人の娘のうち、お前さんの好きなのをやるから」

ただでは聞いてくれんじゃろうと思ったじいさんは、その場しのぎに娘を嫁にくれてやると気軽に約束してしまったのだ。

それを聞いた山賊は、よりいっそうの愛想笑いを浮かべるとこういった。

「そんならじいさん、手を貸そう。おらが夜中にじいさんの家にいくから、娘たちを見せてくれ」

山賊はじいさんを起こしてやると、山のふもとまで送り届けた。そして、そのまま山に姿を消した。

尻はきれに拭いてやれ

さて、じいさんが家にもどると、三人の娘たちが取りかこむ。すぐに湯が沸かされ、じいさんの体を、手や足を、娘たちがすみずみまできれいに拭いてやった。

やがて夕飯をすまして集まった親子は、近郷近在の話をいろいろと語りあった。そのころになると、じいさんは、山で世話になった山賊との約束をすっかり忘れてしまっていた。すっかり、夜も更けたころ。乱暴に、家の戸を叩く音がする。

「こんな夜更けに誰じゃろう」

じいさんが戸を開けると、そこには昼間の山賊が立っていた。

「これ、じいさん。あのときの約束を忘れちゃいまいな」

（そうだ。わしは、この男ととんでもない約束をしてしまったんじゃ）

山賊との約束をようやく思い出したじいさんは、震えながらうなずいた。

「そんならいいんだ。今日の今日では、さすがに気が早い。明日の夜、またくるから。それまでに娘たちの用意をさせておいてくれ」

山賊はじいさんに念を押すと、姿を消した。

これは大変なことになった。目にいれても痛くはない娘たちだ。山賊の嫁になぞさせられない。さりとて、約束を破ればなにをされるかわからない。

ほとほと困り果てたじいさんは、朝になると娘たちを集めた。

「わしは困っていたところを山賊の世話になったんじゃ。そのとき、お前たちの誰か一人を嫁にやると約束してしまったんじゃ。えらいことをしてしもうた……。お前たちに妙なことをいうようじゃが、このわしを不憫と思って、誰ぞ、嫁にいってくれまいか」

「山賊になんぞ嫁にいくのは嫌じゃ」

一番上の娘は、にべもなく断った。すると、二番目の娘も、首を振る。

「姉さんがいかないんだったら、順番が狂ってしまうから、私も嫁にいきません」

けれども、末娘だけは快くうなずいた。

「約束してしまったのなら、仕方がありません。私が山賊のお嫁に参りましょう」

涙を流してよろこぶじいさんに、末娘はひとつだけお願いがあるという。

「嫁入り道具に、鏡をひとつ、水瓶をひとつ、私にください」

「それくらい、おやすいご用だ」と、じいさんは末娘の願いを聞き入れた。それから、たらいに湯をはると、二人の姉に末娘の体をきれいするようにいった。

「とくに尻はきれいにしておくといい」

じいさんがいった通り、姉たちは、末妹の尻と女陰をよく拭いてやった。

娘三人を味比べ

いよいよ夜も更けたころ、裏山の竹やぶがガサガサと音をたてた。それから、ドンドンドンと表戸を叩く音がする。約束通りに山賊がやってきたのだ。

しかたなく、じいさんが山賊を家のなかに招き入れた。

「まずは娘たちの顔を見せてくれ」

じいさんが三人の娘を呼ぶと、山賊は一人ひとりの顔をじっと眺めるだけで、誰を嫁にするか決めようとしない。しばらく悩んだあと、今度はこう注文してきた。

「娘たちを裸にして、尻をこちらに向けて並ばせろ」

じいさんは渋々、娘たちに着物を脱ぐようにいい、山賊に尻を向けて座らせる。

「ちがう、ちがう。手と足を床について、尻をこちらに向けて、高々と突きだすのじゃ」

娘たちは恥ずかしがっていましたが、山賊を怒らせる方がよほど恐ろしい。いいつけ通りに尻を高々とあげた。それは、娘たちの秘部の奥の奥までが山賊からすっかり見える格好だ。

「よしよし。それでよし」

山賊は、まずは一番上の娘の尻に手をかけると、グイッと左右に広げた。

「あっ」

思わず、娘は艶めいた声をあげる。

「黙っていろ。いま、誰を嫁にするか確かめているところだ」

山賊は女陰に鼻を近づけたり、指をチョロッと舐めて豆粒のようなものを突っついてみたり、指を女陰のなかに入れ、なにやら確かめているようだ。

一番上の娘は、痛いやら、気持ちいいやら、恥ずかしいやら、声を出しそうになるのをこらえるのに必死だった。ひとしきり確かめると、山賊は二番目の娘にも同じようなことをする。そして、その二回とも首をすこし傾けた。

最後に、末娘の尻に手をかけ、グイッと押し開いた。

「おや、これは？」

末娘の女陰から内股にかけて、キラキラと水のようなものが流れている。それを見た山賊は、いやらしい笑いを浮かべる。それから、二人の姉のときと同じように、末娘の股間の臭いを嗅ぎ、今度は指を舐めずに、流れ出ている液を指につけ、ちょっこりと豆粒を突っついた。

「ああ」

末娘はあえぎ声を漏らし、たまらず腰をひいてしまう。

「我慢じゃ、我慢じゃ」

山賊はうれしそうに指をなかに差し入れる。いやらしくかき回すものだから、末娘はますます声をあげた。

「いいぞ、こりゃいいぞ。じいさん、決めたよ。三番目の娘を嫁にもらっていくぞ」

山賊は大きくうなずくと、ようやく嫁取りを決めた。それも、ぴたりと三番目の娘を選んだのだ。なぜ、じいさんが末娘だけに湯浴みをさせ、尻をよく拭かせたのか……娘たちはようやくその理由を理解した。

こうして娘たちは身支度を整えたあと、末娘と山賊を囲んで、みんなで盃を交わした。

そして翌朝、いよいよ山賊が末娘を連れていく刻限になった。末娘は、じいさんが用意した水瓶を山賊に背負わせると、自分は鏡を持って家を出た。

山賊の家にいくには、大きな谷川を渡らなければならない。やがて二人は、葛で編んだ橋に差しかかった。山賊が先にいき、娘がそれにつづいた。と、手元が狂ったのか、娘は持っていた鏡を谷川に落としてしまう。

「あれ〜、じいさんからもらった大事な鏡が」

末娘が騒ぐので、山賊はあわてて川に飛びこんだ。あんまりあわてていたものだから、水瓶は背負ったままだ。すると、水瓶のなかにどんどん水が入ってきた。さすがの山賊も、その重さに堪えきれない。あっという間に川の底に沈んでいく。

末娘は、山賊が溺れ死んだところをしっかり見定めると、してやったりとばかりにほくそ笑んだ。こうして首尾よく山賊を退治した末娘は無事に家に帰り、親子四人で幸せに暮らしましたとさ。

■『猿聟入』の原典を読み解く

山に住む卑しき者

男が結婚後はじめて嫁の故郷へいくことを、「聟入《むこい》り」と呼ぶ地方はあちこちにある。だが、『猿聟入』では、動物である猿に娘が嫁ぐことになる。実は、昔話では人間以外の生き物の聟入をテーマにした『蛇聟入』『河童聟入』などが多くあり、『古事記』や『日本書紀』にも見られる。

それでも、実際には猿と人間が結婚することは考えにくい。

しかし、人間に近い存在の猿は、世界中で神格化されてきた歴史がある。たとえば、エジプトではマントヒヒを神の使いと考え、智恵の神トートや、死者の内臓を計るハカリの上に座っているハビ神のモデルとされた。そして、死後は王族たちと同じようにミイラにして大切に保存されたほどである。

古代中国においても猿は神格化され、とくに白猿は人間の女性を妻にすることとさえ許されていた。この故事が『猿婿入』の物語に影響を及ぼしていると考えられるのだ。

だが、宋代に入ると、それまでの猿の神格化は見られなくなり、逆に「猿＝卑しい生き物」というイメージが強くなりはじめるのだ。『西遊記』に登場する孫悟空は、玄奘三蔵の天竺への旅にお供し、大いに助けたとあるが、もともとの孫悟空は天空を騒がせたいたずら者で、釈尊の法力によっていうことを聞かされていたに過ぎない。

孫悟空のモデルとなったマカック系や尾が短く体も小さいニホンザルの類は猴《こう》と呼ばれ、とくに卑しい猿とされた。この物語に登場するのが人間の山賊にもかかわらず、『猿婿入』というタイトルがつけられたのは、こうした背景があったのではないだろうか。宋代以降のいたずら者で、卑しいイメージが、山に住み、他人の物を盗み、ときには命までも奪う「卑しい者」、すなわち山賊と結びつけられたと考えられるのだ。

集団を離れた山賊はヒトリザル

通常、山賊というのは集団で行動し、旅人を襲うものである。ところが、この物語に登場する山賊は単独行動をしていた。これは非常に珍しいことであり、猿にたとえるなら〝ヒトリザル〟と良く似ている。

たとえば、ニホンザルは数十頭から二百頭ほどの群れを作って生活している。しかし、ときおり群れを飛び出す雄猿がいる。その理由は何かというと、セックスである。

猿の群れは一頭のボス猿が統括している。メスと自由にセックスできるのはそのボス猿だけで、ほかのオスたちがセックスするためには、ボス猿の目を盗むしかない。これに嫌気がさしたオスが、群れを飛び出して単独で暮らすことがあるのだ。それが、ヒトリザルである。

ヒトリザルはセックスに飢えている。当然、おじいさんが山奥で出会った山賊も同じだったはずだ。そんなときに「娘を嫁にくれてやる」といわれたのだから、山賊は大いによろこんだにちがいない。「命を奪ってやろう」と思って近づいてきたのだとしても、気が変わってもおかしくない。

遊び人のじいさんとしたたかな娘

日本人が風呂好きというのは、有名な話だ。しかし、それは人里の話。この話の舞台となった山奥では水がたいへん貴重で、風呂桶を満たすことなどできはしない。それは、薪を担いで帰ってきたじいさんが、体を拭いてもらっただけということからもよくわかる。

これは、年頃の娘たちも同じことで、数日に一度体を拭く程度だったにちがいない。すると、どうしても女陰が臭うことになる。

　フランス人のように、その独特の臭いに魅力を感じるという人もいるだろうが、綺麗好きで、臭いに敏感な日本人なら敬遠するという人が多いはずだ。じいさんは、そのことをわきまえていて、末娘の体をきれいにさせ、「とくに尻はきれいにしておくといい」と話したのだ。

　じいさんが末娘の尻をきれいにさせたのには、もうひとつ理由がある。それは、山賊に末娘の女陰が名器と思わせようとしたためである。「ミミズ千匹」や「数の子天井」など、女性の名器をあらわす言葉にはいろいろあるが、愛液の豊富な女性のことを「潮吹き」と呼ぶことがある。膣内がよく濡れれば、男根をスムーズに挿入できて、快感も大きい。女陰をていねいに拭くことによってお湯が膣内に入り込み、いかも潤っているようになる。それを山賊は愛液と勘違いしたのである。

　山奥で三人の娘とひっそり暮らしている老人というと「好好爺」というイメージが思い浮かぶだろう。ただ、ここまで知恵がまわるところをみると、色事にうといとは思えない。むしろ、かなり色好みであったと考えられる。

　ちなみに、山賊が三人の娘に尻を高々と突きださせた様子は、ニホンザルが交尾をするときや、順位確認のときにおこなうマウンティングのポーズによく似ている。これも、山賊を猿にたとえるために欠かせなかったシーンといえるだろう。

さて、じいさんの思惑通り山賊に気に入られた末娘は、鏡と水瓶をもって嫁入りすることになった。女の宝ともたとえられる鏡が谷川に落ちたのだから、さあたいへん。いかに無骨な山賊といえども、放っておくわけにはいかない。しかし、鏡を拾おうとした山賊は、水瓶の重みで溺れ死んでしまう。

物語には「鏡が谷川に落ちてしまった」と書かれているが、末娘が「わざと」落としたことは想像に難くない。そもそも、あらかじめ山賊に水瓶を担がせていたのが溺れさせるためだったと考えていいだろう。

そう考えてみると、この末娘、老獪なじいさんに勝るとも劣らない、したたかな女なのである。げに恐ろしきは、女なりではないか。

河童の妙薬

厠で尻を狙われた女

これは江戸のころの話。

小さな町のほど近くに、夫婦が営む薬屋があった。それほど客が訪れるでもなく、商いは細々としたものだった。このあたりでは、薬の用があっても、金を出して買うほどの者はいなかったのだ。

そんな薬屋に、ある日、不幸が降りかかった。流行り病で床についていた主人が死んだのである。

葬儀はとどこおりなくすんだが、一人残された女房は暮らしに困った。夫に先立たれても悲しんでばかりいられない。残された薬屋のやりくりもいろいろ考えなければならないのだ。

「はて、これから先、どうしたらいいものかのう」

明けても暮れても、それが頭から離れない。夜早めに床に入っても、なかなか寝つけない。何度も寝返りをうったりしてようやく寝入っても、すぐに目が覚めてしまう。そんな夜を幾夜も過ごしていた。

その晩も、夜中に目が覚めてしまった。

「やれやれ、また起きてしもうたよ」

しかたなく床をはい出ると、厠で用を足すことにした。夜着をめくり上げると、むっちりとした尻があらわれる。中年女の、あぶらののり切った尻だ。秘部を露わにして、用を足していると、

「うっ」

何かが股間に触れたような気がした。

「な、なんじゃ」

いつもなら「ぎゃっ」と大騒ぎをするのだが、寝不足だったから頭もはっきりしていない。便器の下を覗きこんでみたが、何も見えない。そのまま、秘部を夜着で隠した。

女房は「気のせいじゃろう」と思うだけで、その晩はそのまま部屋に戻って寝てしまった。

ところが、翌晩になって、やはり厠で用を足したとき、同じことが起きる。むっちりした尻に何かが触った気がしたのだ。

「あれっ」

下を覗いてみたが、何も見えない。だが、気のせいではない。

（よく聞くような河童の仕業かのう）

女房はそう思った。

それというのも、このあたりでは昔から、川筋や沼の近くに河童があらわれて、人や犬などを水のなかに引っぱりこんだり、若い娘たちに悪さをするという話が絶えなかったのだ。

そこで女房は、今度は正体をたしかめてやろうという気持ちになった。厠で尻をなでられたりすれば怖がるものだ。しかし、この女はもともと気が強いほうだった。あくる日の晩には、「何者の仕業か突き止めてやるぞ」と意気込んで厠に入った。いざというときのため、小刀を忍ばせていたというから、恐れいる。

（噂のような、河童が出てくるかのう）

厠で用を足すふりをして、女房は尻を丸出しのまま、そのときをじっと待った。すると、下からにゅっと黒い手が伸びてくるではないか。

（こいつか！）

すかさず、女房は手をつかんで引き寄せる。そして、そのまま小刀ですっぱりと切りつけたのだ。

「ぎゃあぁ」

気味の悪い悲鳴がすると、何者かが逃げていく音がした。

「こりゃ、逃げるな」

女房は声をあげたが、相手の姿はどこにもなかった。だが、厠には切り落としたものが残っていた。拾いあげた女房は、それを見ておどろいた。

「なんじゃ、人の指じゃ！」

いたずらは噂に高い河童の仕業かと思っていたが、どうやら人間だったらしい。しかし、まんまといたずらを見抜いた女房は、ほっとして眠りについた。その日は、ひさしぶりに良く眠れたという。

切られた指を元通りにできる妙薬

その翌日のことだ。日が落ちたころに、ひとりの若い男がひどく悲しそうな顔で店に入ってきた。

「たのみます」

「どんな御用ですか」

「へえ、ちょっとおねげえがありまして。これはほんの手土産でございます」

男はそういって、大きな鯉を差し出した。そして、小さな声でつづけた。

「昨日、切り落とした指を返してくだせえ」

これには女房も驚いた。目の前に立っている気の弱そうな若者が、犯人だったとは。

「指とは、あの指かい」

「そうです」

一度はびっくりしたものの、気の強い女房は、意地悪くいった。

「はて、誰がこの指の持ち主なのか。たしかめるまでは、返せませぬよ」

それを聞いて、若い男は肩をいっそう小さくした。

「指の主は私です」

ますます小さな声でそういうと、男は自分の手を見せたのである。たしかに右手の親指がなくなっていた。

「うん、まちがいはないようだ。それにしても、私の尻をなでるなんて、どういうつもりだったんだね」

「ちょっとした出来心で……」

若い男はうつむいたまま答えた。どうやら、河童の噂話を利用して、厠にひそみ、いたずらをしていたらしい。

「まったく……。じゃが、いまさら返したところで、なんの役にも立つまいよ。いったいどうするつもりなのかい」

女房は気になって尋ねてみた。すると、男は思いもかけないことを話すではないか。

「ぬり薬を使えばもとに戻せるのでございます」

「おやおや、そんな妙薬があるのか。それは珍しいものじゃ。そんなら、それを見せてくれないかい」

女房が頼むと、若い男はちょっと困った顔をした。やがて観念したのか、懐から薬を取り出すと、指にふりかけて元通りにつけて見せたのだ。

「へえ、これで指がつくのかい」

「はい、二日もすれば」

「それは良い薬じゃな。そうじゃ、指を渡す代わりに、その薬を半分、置いていきなさい」

「は、はい」

若い男は不思議な薬を残して、そそくさと帰っていたのだ。

こうして女房は、思わぬことで妙薬を手に入れることができた。そこいらの人間であれば、薬は使いきって終いになったろう。だが、そこは薬屋の女房である。この妙薬の中身をあれこれ調べて工夫するうち、なんとか同じような効能の薬を作り出したのだ。

こうして生まれたのが、「河童の妙薬」として近郷近在に広く知れ渡るようになったとか。女房の尻が思いがけない妙薬を生んだのである。

■『河童の妙薬』の原典を読み解く

全国に残る河童伝説

河童は、日本でもっともよく知られる妖怪だ。体は小さく、子どもほどの大きさ。細く伸びた手足には、水かきがあると語られる場合が多い。口は短いくちばしのような形をしていて、背中には亀のような甲羅がある。おかっぱ頭の真ん中には皿のようなものが鎮座し、そこはいつも水で満たされている。そして、この水がなくなると力を失うというのだ。肌の色は緑とも、灰がかった色ともいわれている。ぬるぬるして、異臭さえあるというから、気味の悪い存在である。

東日本でもっとも有名な河童は、利根川の「ねねこ河童」である。利根川に棲む河童の女親分で、川の近くに来た牛馬や子どもを水に引きこんだり、川をあふれさせて周囲を水没させるほどの暴れ河童らしい。

これに対して、西の河童大将は「九千坊」と呼ばれ、九州北部に棲む。九千匹の河童の頭領で、子分を率いて八代から九州に上陸すると球磨川をさかのぼり、肥後国に棲みついたという。

河童伝説として多いのが、骨接ぎの法や打ち身、ねんざの膏薬を与えたというもので、これに類する話が全国各地に残されている。たとえば、茨城県の牛久沼には、古くから「いろいろと悪さをする河童を捕まえたところ改心して、万能の膏薬の作り方を教えてくれた」という伝説があるのだ。

さらに、埼玉県の小鹿野町では、次のような昔話がある。

「昔、嘉右衛門という武士がいて、いつも、川の渕で馬を休ませていた。そこで村の人々は、この渕を嘉右衛門渕と呼んでいた。だが、この渕には以前から河童が住んでいて、水難が絶えず、村人は困り果てていた。

そこで、嘉右衛門は河童退治をしてやろうと、折を見ては渕に出向き、河童があらわれるのを待ったのだ。すると大雨で水かさの増した日、とうとう河童があらわれた。嘉右衛門が河童を捕らえると、河童は自分の悪さを詫び、その証として、岩間から清水を出すと誓ったのだ」

こうして、嘉右衛門渕では水難がなくなり、河童が証文に残した清水はいまでも湧き出しているという。

河童はいたずらの隠れ蓑だった

　ところで、ここで紹介した話のなかに登場する〝河童の手〟は人間のものであったが、全国には河童のミイラや骨と伝えられるものが残っている。たとえば、東京・浅草の曹源寺の寺宝が有名であろう。そうやって残された河童の手の由来を、「厠で女の尻に手を伸ばして切りとられた」として伝えるところがあるのだ。おそらく、これがベースとなって、『河童の妙薬』は生まれたのだろう。

　しかし、河童が女の尻に手を出すと考えるよりは、人間がその犯人だったと考える方が自然である。河童の噂を利用して、人の家の厠でいたずらをしようとした……それが真相なのだ。

　これに類するものとして、江戸の記録に筑前国の怪異事件がある。ある百姓の家に、夕刻になると狐か狸のようなものが入りこみ、明け方には出ていくのが何度も目撃されていた。

　この家の女房は三三歳で、一人の子を産んでいた。その後はなかなか授からなかったが、化け物が通うようになると、しだいに腹が大きくなった。やがて子どもが産まれたのだが、しばらくして女房が死んでしまったのだ。しかし、どんな子が生まれたのか明かされることがなかったから、「化け物が男の姿になって通ってきて密通したのだ」と騒がれたのである。

しかし、女房は死ぬ前に、「権四郎という男と密通していた」と親しい女たちに打ち明けていたようだ。ただ、権四郎本人は否定し、「化け物が自分に化けていたのではないか」と弁明したという。もちろん、権四郎が化け物のせいにしてごまかしていたという可能性が高い。これこそ、『河童の妙薬』のストーリーと同様な真実ではあるまいか。

それでは、「河童の妙薬」とはなんなのか？　おそらくこれは、薬屋の女房が喧伝のために誇張したのであろう。いかに気が強いとはいえ、女である。しかも小刀では、骨までは切ることはできまい。少々深い傷を負っても、ぴたりと血を止めるという点など、「ガマの油売り」の売り文句と同じと考えてまちがいがないだろう。

浦島太郎

乱暴者にいたずらされていたカメ

ある浜辺の村でのこと。日が暮れかかったころ、浦島の太郎という若い漁師が浜を通りかかった。今日の漁はたいしたものではなく、小魚ばかり。

「やれやれ、骨折り損だったのう」

丹精な顔だちには不似合いな文句をいいながら歩いていると、女の叫び声が聞こえきた。

「ひいっ、堪忍して」

見れば、三人の若い男がどこやらの小女の髪をつかみ、よってたかっていたずらをしている。それどころか、嫌がる小女の着物を押し広げて、胸をむき出しにすると、さっそく一人がむしゃぶりついた。

太郎はかけ寄ると、若者たちを叱り飛ばした。

「これこれ、何をする。かわいそうじゃないか」

「ふん。おやじの知ったことか。この小女は、おらたちを悪ガキと笑ったんじゃ。許せねえぞ。どうしようと勝手じゃ」

薄ら笑いをしながら、なかなか小女を放そうとはしない。

そこで太郎は銭を差し出した。

「これで許してくれまいか」

「……そうかい。それなら話は別だが」

こうして、なんとか小女を放してもらったのである。

「ありがとうございます。私はだいぶ先の町で奉公しておりますカメという者でございます。このご恩は決して忘れません」

カメという名の小女は礼をいうと、何度も頭を下げながら去っていった。

それから何日か経ったある日のこと。太郎が釣りをしているところへ、あのときに助けてやったカメがあらわれた。

「先日は、本当にありがとうございました」

「おお、あのときの」

「はい、カメでございます。先日のお礼をしたくて、お迎えにまいりました。私の奉公先でおもてなししますから、どうか一緒にきてくださいまし」

「ほう、それはありがたい話じゃな。ちょっくら遊びにいってみようか」

「太郎様、念のために、いくらかお金をお持ちください」

「そうかい。では、家から少々持っていくか」

こうして太郎はカメが住むという町へ向かうことになるのだが、最初はほんの二、三日で帰るつもりだった。それゆえ、たった一人の肉親である母にも、周りの者にも何も告げずに出てきてしまった。

カメの奉公先がある町は、ずいぶん遠かった。二日二晩かけて、ようやくたどりついたのだ。なるほど、町のにぎわいはたいそうなもので、通りには店が並び、米屋、酒屋、魚屋をはじめ、道具屋、金物屋、桶屋など、およそ暮らしに必要なものはなんでも売っている。

「てえしたもんじゃ」

太郎がきょろきょろと辺りを見回していると、見たこともないような華やかな衣裳をまとった女たちがやってきて、カメに尋ねた。

「あら、この方はどなた」

「先日、私が悪い男たちに襲われて、危ないところを助けてくださった太郎様よ」

「まあ、それでは竜宮城にお連れして、乙姫様にお話をいたしましょう。ささ、どうぞこちらへ」

女たちは先に立って、太郎を竜宮城へと案内した。

竜宮城での夢のような日々

美しい女たちにともなわれて歩くのは、えらく気分のいいもので、太郎はうれしくなってきた。しばらく歩くと、立派で華やかな、まるで御殿のような建物の前に出た。

「こちらが竜宮城でございます」

「なんとすばらしい御殿じゃ」

「ここは、殿方がお遊びをなさる場所でございますよ」

「太郎様がおいでになられましたよ」

その声を聞いて奥からあらわれたのは、乙姫と呼ばれる、この竜宮城の姫様だった。

「これはこれは。太郎様のお話は、カメから聞いております。この娘を助けていただき、ありがとうございました。そのお礼をさせていただきたいと存じます。どうぞ、ゆっくりお過ごしください」

長い廊下を抜け、中庭を通り、竜宮城の大広間に案内される。

そこは、この世にまたとないほど豪華な広間であった。つぎつぎに美しい舞姫たちがあらわれ、肌も露わに、目もさめるような踊りを披露してくれる。

あまりのことに舞いあがった太郎は、「土産の代わりじゃ」といって、持ってきた金を女たちに振る舞った。

それからは、乙姫様はじめ、女たちが次々にやってきては酒を注ぎ、肴をすすめ、もっと太郎を楽しませてくれた。

「いやいや、これはたいそうごちそうになった。そろそろ眠くなったが……」

「それでは、こちらへどうぞ」

カメが太郎を連れていったのは、奥の一間だった。部屋には、これまで見たこともないほどやわらかなふとんが敷かれていた。聞けば、太郎のために用意した寝室だという。

長旅の疲れに、酒の力もあいまって、太郎はすぐに夢心地になった。しばらくウトウトしていると、誰かが部屋に入ってくる気配がした。目を開けると、そこには薄ものを身にまとっただけの乙姫が立っているではないか。

二の腕や首筋はほっそりしているが、乳房は豊か。腰から尻にかけてほどよく肉がつき、いかにも熟れた体をしている。太郎が見とれていると、乙姫は艶やかな笑みを浮かべ、スーッとふとんのなかに身をすべりこませてきた。

「太郎様、どうぞお好きなようになさいませ」

乙姫はそういいながら、太郎の顔を乳房で覆う。太郎はそのふくらみに顔を埋めると、姫の体を抱きしめた。

「おお、なんとやわらかい体じゃ」

「うふふ」

「ほれ、ここも、ここも、こんなに……」

乙姫の準備はすっかり整っていた。太郎は導かれるように姫の体のなかに入ると、そのまま精を放った。その具合の良さは、いままでどの女でも味わったことのないものだった。

それからというもの、毎晩のように乙姫は太郎の寝室にあらわれた。その美しい顔、やわらかな肢体に、太郎はすっかり溺れてしまった。そればかりか、乙姫がこられない夜には、ほかの女たちが太郎をなぐさめに訪れてくれたのだ。

太郎は竜宮城での暮らしに酔いしれ、残してきた母のことをすっかり忘れてしまった。

太郎を待ち受けた悲しい現実

しかし、そんな夢のような日々も終わりのときが訪れる。

「太郎様、そろそろおもどりになられては……」

ある日、太郎のところにやってきたカメが、そう切り出したのだ。思えば、乙姫もほかの女たちも、近頃はなんとなく冷たくなった気がしていた。これが潮時であろう。ここに至って、太郎は母のことを思い出した。

「これはいかん。はじめは、ほんの三日くらいと思っておったが、思わず月日を重ねてしまったようじゃ」

とはいえ、乙姫には未練が残る。

「ずいぶんと遊ばせてもらったが、そろそろ家に帰ることにするよ」

後ろ髪を引かれる思いで、太郎は姫に別れを告げた。乙姫も一旦は翻意させようとしたが、それ以上は引き止めなかった。

「それでは、竜宮城の思い出にこれをお持ちください」

乙姫は別れ際に、美しい玉手箱を太郎に手渡した。こうして、太郎の夢物語は終わりを告げた。しかし、姫との甘美な思い出を胸にして家に帰った太郎を待ち受けていたのは、厳しい現実であった。

太郎が家を空けていた間に、思いがけない事件があったのだ。太郎の身を心配するあまり、母親が病にたおれ、ついには死んでしまったのだ。

あまりのことに、太郎は呆然とした。しかし、村人たちは、そんな太郎に冷たかった。

「母親のことを忘れて遊び呆けていたなんて、情けねえ男だ」

「こんなやつが身内にいると思うだけで、寒気がする」

「村の笑い者だ」

太郎は縁者からも、村の者たちからも爪はじきにされてしまった。いづらくなった太郎は、家を出るしかない。だが、引っ越そうにも、なけなしの金は竜宮城で泡と消えてしまった。

（せめて、玉手箱の中身を売って、米にでも替えようか）

ところが、箱を開けてみると、これはこれは埒もない飾り物やら櫛ばかり。これでは、米代になるはずもない。太郎は思わず天を仰いだ。

それからというもの、太郎はあちこちの家の戸口に立っては施しを受けるようになった。そんな暮らしだから、みるみるうちに体も衰えてしまった。丹精な顔はすっかり痩せ細り、目は虚ろ。いつしか髪も白くなっていた。

頼る者も助けてくれる者もいない太郎は、村にいることも離れることもできない。甘美な思い出を追いかけるように、ただただ浜辺をさまよい歩くしかなかったのだ。

■『浦島太郎』の原典を読み解く

浦島太郎は「抱かれたい男」だった

浦島太郎といえば、亀を助けて竜宮城へ招待される物語というのが通説であろう。

だが、今から一三〇〇年ほど前に編纂された『日本書紀』によれば、主人公の名は浦嶋《うらしま》子《のこ》といい、彼が舟に乗って魚釣りをしていたところに亀が釣れ、それがたちまち美しい女となった。そこで浦嶋子はその女を妻とした、とあるのだ。それればかりではない。美男で有名だった浦嶋子を誘惑するために、この女は自分から近づいたと書かれた文献もあるのだ。

『日本書紀』は、この国の正史が記された書物である。つまり、この物語は本当にあったということになる。いかに一三〇〇年前の話とはいえ、亀がたちまち女に変身することは考えられない。となると考えられるのは、ここで紹介する物語のように、この女の名前が亀ということだ。

ちなみに、浦島太郎が助けた亀に連れられて竜宮城で乙姫と出会い、別れ際に玉手箱を受け取るという物語に変化したのは、室町時代に編纂された『御伽草子』以降のことだ。

女にそこまでさせる浦島太郎とは、どんな男だったのか。鎌倉時代に編纂された『釈日本紀』（『日本書紀』の注釈書）によれば、太郎は丹後国与謝郡に住んでおり、美男にして風流。彼の右に出る者はなかったという誉めようである。

現在でいうなら「抱かれたい男」に選ばれるような男というところだろうか。こんな男がいたら、女が放っておくわけがない。しかも、現代よりも性に奔放な時代である。「抱いてほしい」と心の底から望む女が、のべつまくなしに猛アタックをしていたはずだ。

しかし、そんなことが重なれば、太郎も少しのことでは心を動かされなくなっていたはずだ。そんなときに目にしたのが、浜で乱暴されそうになっていたカメという娘である。

もうおわかりいただけただろう。

カメが三人の若い男に乱暴されそうになっていたのは、芝居だったのだ。しかも巧妙なのが、これがカメの仕組んだ芝居ではないという点だ。のちに語るが、この芝居には別の黒幕がいたのである。

ともあれ、カメは黒幕が書いたシナリオ通り、浦島太郎に近づくことに成功し、自己紹介も完了。いままでになかった知り合い方だったから、浦島太郎のカメに対する印象は、さぞかし強かったはずだ。

なにもここまで手の込んだ芝居をしなくても……と思うかもしれない。しかし、『日本書紀』に記された『浦島太郎』の原型には、「女が浦島太郎を誘惑した」と書いてある。

亀を助けたお礼に竜宮城へいくというストーリーが現れるのは、室町時代以降のこと。これは、「良い結果を得るためには、それに見合うだけの良いことをしなければならない」という仏教の教えが強い影響を及ぼしている。もし、仏教が日本に伝来していなかったら、黒幕もこんな芝居は仕組まなかったかもしれない。

竜宮城の秘密

さて、それから数日後、最初から予定していたとおり、カメは浦島太郎に礼をいい、自分が奉公している竜宮城という店に招待する。

『御伽草子』によると、この竜宮城は「塀は銀でできており、屋根瓦は金」という豪華絢爛たる建物で、四方に春夏秋冬の四つの景色があったという。たとえば、南の窓を開けると蝉の声が響く夏の景色があり、北の窓を開けると雪に覆われた山の景色があるといった凝った演出がなされていたようだ。

四つの景色が同時に楽しめるなどということは実際にはありえないが、現在でいうところの温室や、年中気温が変わらないという風穴などを利用し、ある程度の景色を再現していたのかもしれない。金の屋根瓦を敷くことができるほどの財力があったのだから、この程度のことは可能だったはずだ。

これほどまでに贅を尽くした竜宮城の正体は、もちろん海の底で暮らす妖精の住み家ではない。いままでいうところの派手な風俗店である。そして、竜宮城に奉公しているということは、カメも風俗嬢であったのだ。だからこそ、男たちに胸をはだけられるような大胆な芝居もできたのであろう。

つまり、浦島太郎は、当時としてはかなり高級であったはずの風俗店に招待されたのだ。招待というのはお金を払わなくていいということ。しかし、太郎は気っ風のいい男だから、手ぶらで招待を受けるなんていうことをするわけがない。「土産の代わりじゃ」とお金を差し出したので、女たちはますます彼に熱をあげたにちがいない。

そして、ついに黒幕があらわれる。それが乙姫である。噂に聞こえる浦島太郎なる男を一目この目で見てみたい。乙姫がそう望んでいたのだ。

ところで、「乙姫」という言葉は、竜宮城に住む美しい姫という意味のほかに、若い姫という意味もある。おそらく、ここに出てくる乙姫は竜宮城の二代目となる店主の娘で、こんな源氏名を使っていたわけだ。

美男子も三日見れば飽きる

ついに乙姫は、噂の浦島太郎と念願の同衾を果たす。そのときのよろこびはどのようなものだったか……。もちろん、よろこんだのは乙姫だけではなかった。太郎は太郎で、素人女からは味わうことのできない身もとろけるようなもてなしを受け、「体にすっかり溺れてしまった」のである。

だが、体だけの関係というのは長続きしないものだし、人間は一度手に入れてしまったものに魅力を感じなくなる贅沢な生き物でもある。浦島太郎と逢瀬を重ねた乙姫も、しばらくすると飽きてしまったのだろう。

ある日、カメがやってきて「そろそろおもどりに」といったのは、そのサインだったのである。

こう切り出されてはじめて太郎は、乙姫たちの態度が冷たくなっていたことに気づいたというのだから、さすがにこれはいただけない。

もうすこし早く気づいて、家に帰っていれば、母親は死なずにすんだかもしれない。そうすれば、もっとましな結末が待っていたはずである。

玉手箱は別れの品

浦島太郎は、乙姫に玉手箱を手渡されて家へもどった。『御伽草子』によれば、知らぬ間に七百年の歳月が過ぎていたということだが、これはいささか非科学的だ。実際には、その『御伽草子』のなかで太郎自身が感じていた三年というのが正しいところだろう。

しかし、三年でも母親には長い月日だった。一人息子が煙のように消えてしまったことを悲観して、母は死んでいた。その間、風俗店でヒモのような生活をしていたということがバレてしまえば、親類縁者からつまはじきにされても当然だ。

さて、ここで太郎は、最後の「切り札」である玉手箱を開く。いかにも大事そうに乙姫が渡してくれたので、さぞかし高価なものが入っているに違いないと思い込んでいたのだ。ところが、実際に入っていたのは櫛や飾り物ばかりで、太郎はがっかりしたとある。

しかし、これは最初から予想できたことだった。本来の玉手箱とは、「玉くしげ」と呼ばれ、これは「櫛や鏡などの化粧道具を入れておく美しい箱」だからである。

それでは、なぜ乙姫は化粧道具の入った箱を浦島太郎に与えたのだろうか。実は、平安時代には天皇が皇女と別れる際に櫛を与えたという記録があり、民間でも男女の縁を切りたいときには櫛を投げる風習があった。つまり、乙姫は「あなたとはお別れです。もう二度と会うこともないでしょう」という意味をこめて、玉手箱を手渡したのだ。

そんな箱に、高価な物が入っていると考えるのがまちがいともいえるのだが……。いずれにしても、太郎は女に翻弄されたあげく捨てられてしまった哀れな男なのである。

浦島太郎記憶喪失説

このような解釈とは別に、浦島太郎はなんらかの事故で記憶喪失になっていたのではないかという説がある。

日本の近海で、漁船が大型船に当て逃げされて沈没するという事件がある。それと同じように、浦島太郎も漁の最中に事故で海に投げ出され、その拍子に頭を打ち、見知らぬ島へ流れ着いたのではないかというわけである。

記憶喪失の正式名称を「記憶障害」という。この記憶障害を大別すると、前向性健忘症と逆行性健忘症のふたつに分けることができる。前向性健忘症とは、昔のことは思い出せるが、事故が起きてからの新たな記憶を形成できない障害のこと。そして、逆行性健忘症はそれとは逆に、過去の記憶の一部、もしくはすべてを失ってしまう障害である。

浦島太郎は、おそらくこの逆行性健忘症で、それまで自分が住んでいた場所や名前、家族の有無や職業などを完全に忘れてしまった可能性があるのだ。

このように過去の記憶をいっさい持たない彼は、その島で「海からやってきた聖なる者」という扱いを受けた。神の使いとして立派な門のある宮殿（竜宮城）をあてがわれ、島民たちから山海の幸や酒、貢ぎ物だけではなく、若く美しい女たちまでも捧げられ、至福のときを過ごすことになったのだ。

今浦島

逆行性健忘症が起きるメカニズムはいまだに解明されておらず、そのため明確な治療法もない。しかし、何かのきっかけやショックですべての記憶が一瞬にして戻ることもあるし、すこしずつ記憶が回復するケースもある。浦島太郎の場合は、その島に流されてから数十年後に、なんらかのショックですべての記憶が一瞬にして戻ったのではないだろうか。

過去の記憶が甦るのと同時に、望郷の念が湧きあがってきた。彼は島民たちを傷つけないよう、「神からお告げがあり、私は海の向こうへ戻らなければならない」と告げる。

それまで身の回りの世話をしていた美しい女たちや島の住人たちは、彼が去ると聞いて、たいそう残念がったはずだ。しかし、神の言葉は絶対であるから、彼らは土産として玉手箱を渡し、太郎を海へと送り出したのだ。

ちなみに、玉手箱を渡すのが「あなたとはお別れです。もう二度と会うこともないでしょう」という意味なのはすでに述べた通りである。

浦島太郎はもともと漁師だったから、船を操って故郷へ帰るのはたやすいことだったはずだ。しかし帰ったはいいが、故郷の様子がどうもおかしい。友人の姿はどこにもなく、自分を知っている者もいない。家並みも記憶と違うし、自分が住んでいた家もないというありさまだった。彼が行方不明になってからすでに数十年の歳月がたっていたから、それは当然のことなのだが、それまで記憶が欠落していた彼には、わずか数日にしか思えないから、何が起きたのか理解できない。

実は、このような体験は「今浦島」といわれ、特別に珍しい現象ではない。

たとえば故郷を遠く離れて東京で就職し、十数年ぶりに帰郷すると、風景がガラリと変わっていて驚くことがある。木造だった駅舎が鉄筋コンクリートのステーションビルに変わり、畑だったところに大型のショッピングモールができている。なじみ店の看板は消え、昔からの商店街にはシャッターばかりが目立ち、感傷的な思いが湧きあがってくる。

故郷を離れて十数年が経過しているのだから、いろいろと変わっていて当然だろう。しかし、自分のなかではその地を離れた瞬間から時間が止まったままだから、なんともいえない違和感を覚えるのだ。浦島太郎も、これと同じ体験をしたのである。

知人も住む家も失い、途方に暮れた浦島太郎は、島を離れるときにもらった玉手箱のことを思い出し、ワラにもすがる思いでそれを開けた。すると、なかには櫛や鏡が入っていた。何気なく櫛で髪をすいてみると、白髪がばっさり抜け落ちた。驚いて鏡を手に取り、自分の顔を見てみると、そこには見たこともない老人が写っているではないか！

故郷を離れたのが数日前と信じて疑わなかった浦島太郎は、年老いた自分の姿を見てがっくりと肩を落としたのである。

はたして、どちらの説がより真実に近いのか。そのどちらにしても、『浦島太郎』の物語には、大切なものを失った男の悲哀が描かれていることにかわりはない。

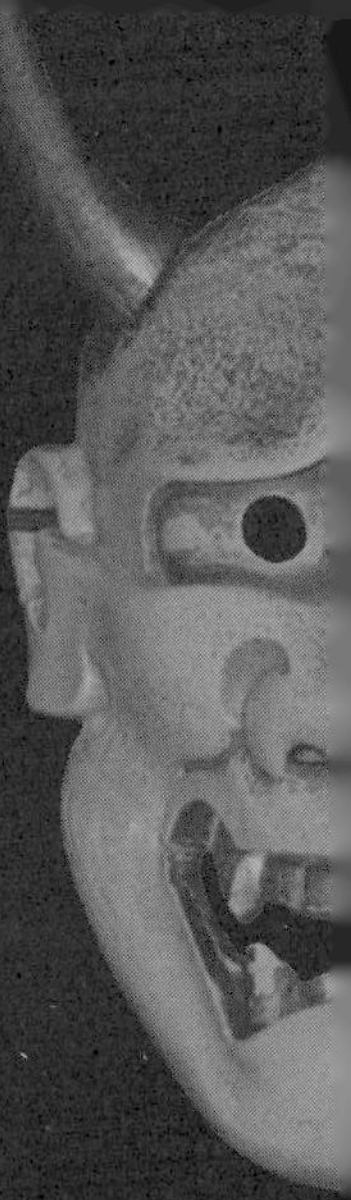

継子の椎拾い

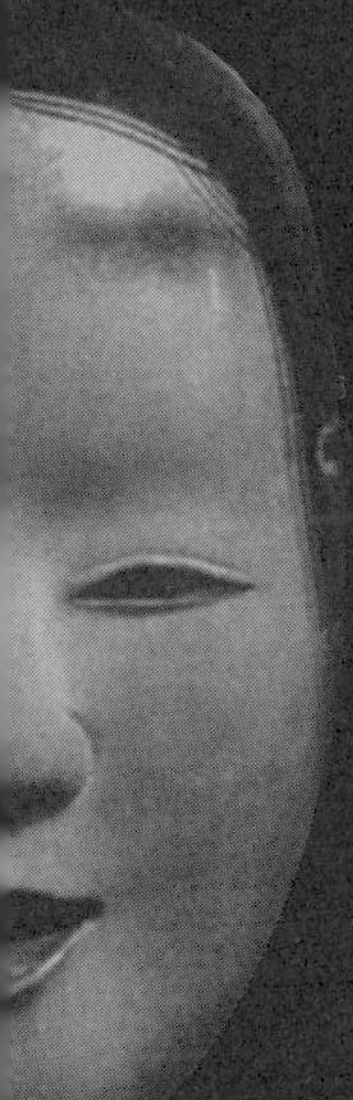

美人と醜女の異母姉妹

昔むかし、ある山村に中年の夫婦が住んでいた。

二人は再婚同士で、お花、お久米という腹違いの姉妹がいた。お花は父親の連れ子で、お久米は二人が結婚してすぐにできたひとつ違いの娘だった。

小さい頃は分け隔てなく育てられていた二人だが、年頃になると母親の態度に変化があらわれた。お花がふっくらとした美人に育ったのに対し、お久米は前歯が反った、やせぎすの女になってしまったからだった。

男好きするお花は村の若い衆にちやほやされ、毎晩のように夜這いをかけられたが、お久米のところに忍んでくる男は誰一人としていなかった。お久米は、お花が夜な夜な漏らす「あ~ん、あ~ん」という艶めかしい声を聞かされ、くやしい日々が続いた。

しかも、外を歩けば子どもたちに「やーい、出っ歯のガリガリ。お前が嫁ぐ家などねえぞ」などとはやされ、ときには石つぶてを投げられることもあったそうだ。

はじめは母親もお久米を不憫に思っただけだったが、それがやがてお花への憎しみへと変わっていった。それでも父親が家にいるときは、なんとかがまんしていままで通りに接していた。しかし、父親が行商で家を留守にすると、夜這いにやってくる男たちに水をぶっかけて追い払うようになったのだ。

それればかりではない。

「おや、飲み水がなくなったよ。おいしい水が飲みたいから、遠くの川までいって水を汲んでおいで」

「お前、男臭いよ。熱湯で洗ってやるから、股を開いてごらん」

「お花は太ってるから、メシは一日一回で十分だ」

といった具合に、いじめと意地悪のし放題だったそうだ。

お花が何か粗相をしでかそうものなら、ひどいせっかんをした。しかも、父親の目に触れてはならないので、着物をまくって尻を出させて、木の枝や竹の棒でピシリピシリと叩いたのである。お花の白いむっちりとした尻は、またたく間に桃色から真っ赤に変わり、うっすらと血がにじみだす。やがてミミズ腫れのところが切れると、今度は、内股に場所を替えて、針でつつきまわした。

それはまるで拷問のようだった。

しかし、お花は口をつぐんでいるしかない。もし、父親に話そうものなら、もっとひどい目にあわされるにちがいなかったからだ。

ずだ袋は穴が開いていた

父親が行商に出かけたある秋の日のこと。母親は二人にずだ袋を渡して、こういった。

「木の実をとっておいで。二人とも、この袋をいっぱいにするまで帰ってくるんじゃないよ。さあ、早くおいき!」

その口調が、いつにもまして恐ろしかったので、二人は山道を駆けあがっていった。

村の裏山には栗や椎の木がたくさんあり、秋になるとそれらの実があちこちに落ちていた。二人は鼻歌を歌いながら木の実を拾い、お久米の袋は順調にふくれていった。ところが、お花の袋はいつになってもスカスカのままである。

「おかしいなぁ。ぜんぜんたまらないわ」

お花が首をかしげると、お久米はにやりと笑った。

「お花ちゃん、男を拾うのは上手だけど、木の実を拾うのは下手みたいね。男のくわえすぎで、指先までゆるゆるなのかしら」

「あら、失礼ね。そんなことないわよ。こんな袋くらい、すぐいっぱいにしてみせるわ」

お花は、それまで以上にせっせと栗の実や椎の実を拾って、ずだ袋のなかに放りこんでいったが、いつまでたっても袋はふくれてこない。それもそのはずで、母親がお花に渡した袋には、穴が開いていたのである。

やがて袋をいっぱいにしたお久米は、「お先に」といい残して、山を下りていった。そうとは知らないお花は、あいかわらず袋の半分にも満たないありさまだった。

お久米は急いで家へもどると、母親にお花の様子を話して聞かせる。

「お花のやつ、袋の穴に気づかず、せっせと木の実を拾っていたわよ」

それを聞いた母親は、意地悪そうな笑みを浮かべた。

「夜中まであの山にいれば、オオカミに食われるか、盗賊に襲われて殺されちまうさ」

盗賊に犯されたお花

「秋の日はつるべ落とし」というが、秋の日は急に沈む。お花がふと空を見あげると、すでに一番星がまたたきはじめていたのだ。

「たいへん！　早く帰らないと」

お花は木の実拾いを止め、急いで家へ向かった。しかし、山道はもう真っ暗だ。気がつくと山の奥深くに迷いこんでいた。遠くからオオカミの遠吠えが響き、枝が擦れあう音が恐ろしいうめき声のように聞こえた。

べそをかきながら山道をさまよっていると、遠くに明かりが見えた。近づくと、それは炭焼き小屋だった。お花が戸の隙間からなかを覗くと、四十がらみの人相の悪い男が一人で囲炉裏にあたっている。

「恐そうな人……。もしかしたら、山賊かもしれない。でもこのまま外にいたら、オオカミに食べられるか、凍え死んでしまうわ」

なかに入る決心をし、お花はたてつけの悪い戸をゆっくり開いた。

「ここに泊まらせていただけませんでしょうか」

戸口に立っているのが美しい娘だったから、男は、にやけ面で歓迎した。

「ああ、いいよ。でも、布団はねえからな」

「ありがとうございます。火があるだけでいいのです」

お花は急いで板の間にあがると、囲炉裏の火にあたりはじめた。冷え切った体にはありがたい火だったが、その火に照らされた男はいっそう恐ろしげだった。

お花は聞かれてもいないのに、木の実を拾っていたら道に迷ってしまったことや、継母にいじめられていることをまくしたて、恐ろしさをまぎらわした。

男はとても無口で、面倒くさそうにときどき「ふーん」とあいづちを打つだけだった。すこし気が抜けたのか、話し疲れたのか、やがてお花はその場で寝込んでしまった。

それからどのくらいたっただろうか。がさごそと体をまさぐられている気がしてお花が目を覚ますと、男がのしかかっている。ごつごつした指が、お花の太もものあたりをまさぐっている。お花はびっくりして、「キャッ」と小さな悲鳴をあげた。

「おとなしくしてろ。さもないと命はないぞ！」

お花は黙ってうなずくと、体の力を抜いた。男は安心したのか、すりこぎ棒のような一物を秘部に突き刺すと、腰を揺らしはじめた。

（すこし大きいけど、やることは村の若い衆と同じね）

お花は命までは取られまいとすこし安心し、いまはその快感に身をゆだねた。

お花のなかで果てた男は、一物をゆっくり引っこ抜くと、満足そうな顔でつぶやいた。

「やっぱり、若い娘の味はうめえな」

男はフンドシをしめながら、話をつづける。

「おれはな、盗賊の親分なんだ。いまから、子分たちがここへやってくる。やつらがお前みたいなべっぴんを見たら、たいへんな騒ぎになっちまう。しばらく、床下に隠れてな」

お花は身支度を整えると、床下の隅に隠れた。しばらくすると、男たちの大きな声と、ドスドスと荒々しい足音が聞こえてきた。その声はしだいに大きくなり、やがて言い争いがはじまったようだ。そのうち、「ギャーッ」という恐ろしい悲鳴がすると、ドスンというものすごい音がした。

お花は小柄な体をさらに小さくして、ぶるぶる震えるしかない。すると、床板が外され、あの男が乱暴に投げこまれたのだ。そして、その体の上に、いかにも重そうな大きな箱が五つ、ドスン、ドスンと積みあげられた。どうやら、取り分を巡って争いになり、親分の方が殺されてしまったようだ。お花が隠れているとは夢にも思わない子分たちは、床板を元どおりにはめこむと、そのままどこかへいってしまった。

夜が明けるのを待って、お花は床下から這い出した。子分たちが残していった箱の中身をたしかめてみると、びっくり。まばゆいばかりの、金銀財宝がたっぷり入っているではないか。お花は「えいやっ」と箱をひとつ背負い、山を下りていった。

欲張り母子の末路

オオカミか山賊に殺されてくれるだろうと期待していた母親とお久米が、お花の無事をよろこぶわけがない。母親は「木の実はどうしたんだい」と嫌みたらしく聞いた。お花はかついでいた箱をやれやれと下ろすと、こう答えた。

「ずだ袋は山小屋に忘れてきてしまいました。でも、その代わりこれをもってきたので許してください」

箱の中身を見た二人は、びっくりぎょうてん。光り輝く財宝を見て目の色を変えたお久米が、いったいどうしたのかとしつこく聞くので、お花は昨晩のことをすっかり話してやった。

「盗賊までたらしこむとは、食えない娘だね」

さしもの母親も呆れていたが、どうにもお宝のことが気になってしかたがないようだ。しかも、これで全部なのかと聞いてくるので、お花は正直に答えた。

「いいえ。あと四つありましたけれど、持ちきれないので置いてきました」

二人の目が光った。お花から山小屋の場所をくわしく聞き出すと、荷車を引いて山へと出かけていったのである。

山道を荷車でいくのは骨が折れるものだ。二人が山小屋へたどり着いたころには、日が暮れようとしていた。二人は急いで床板を外すと、残りの宝箱を荷車に積みこんだ。

「早くしないと盗賊たちが戻ってくるよ」

母親は荷車を引こうとするが、ぴくりとも動かない。

「お久米、がんばって押しておくれよ」

そういいながら振り向くと、恐ろしい形相の盗賊たちがズラリと並んでいる。見れば、お久米は羽交い締めにされているではないか！

「盗人のお宝を盗むとは、とんでもねえ奴らだ」

なかでも屈強な男が、一歩前に出ると刀を抜いた。

このままでは殺される。どうにかして、許してもらえないものか。そのときお久米は、お花の話を思い出した。羽交い締めにしている男に顔を向けると、甘い声を出した。

「ねえ、お兄さん。私の体を好きにしていいから、命だけは助けてちょうだい」

すると男は、吐き捨てるようにこういった。

「ふん、てめえみたいな出っ歯とやるくらいなら、そこらにいる猿にくわえてもらった方がまだましだ」

そういうなり、お久米の首をへし折ってしまった。必死の土下座で許しを乞うていた母親も、あっという間に刀で体を真っ二つにされてしまった。

だが、盗人たちは、二人を殺してしまったことを、すぐに後悔することになる。なぜなら、宝箱がひとつ足りないことに気づいたからだ。それをどこへもっていったのか……。聞きたくとも、死人に口なし。もはや手遅れであった。

もっとも、お花にとっては幸いだった。盗賊たちに狙われることもなく、首尾よく財宝を手にしたお花は父親と二人、幸せに暮らしたとさ。

■『継子の椎拾い』の原典を読み解く

「真似そこない」の物語

『継子の椎拾い』は、腹違いの娘が良い目を見たので、継母と実子が同じことをするが、失敗してこらしめられるという物語である。結末は様々あり、殿様の目に留まった継子は玉の輿にのり、継母と実子は魔術でタニシにされてしまう。継子は鬼の宝を手に入れるが、継母と実子は鬼に食われてしまうなどのパターンがある。

このように、「善人がしたことを悪人が真似てもうまくいかず、ひどい失敗をしてしまう」という展開を「真似そこない」という。

たとえば、『こぶとり爺さん』や『花咲爺』などもこれに含まれる。こうした「真似そこない」の物語には、「やたらに他人の真似をするものではない」という教訓がこめられており、母親とお久米はまさにこれに当てはまるだろう。

ちなみに、これらの物語には魔法使いや鬼などが登場することが多いが、実際には、ここで紹介するように盗賊、もしくは山賊だったと考えられている。

恐ろしい女の嫉妬とコンプレックス

この物語の根底にあるのは、継母と継子の確執である。しかも、継子のお花は美人で、実子のお久米が醜女というのだから、母とお久米はさぞかしお花を憎み、嫉妬しただろう。一言で嫉妬といっても様々あるが、そのなかに対抗意識から生まれる嫉妬や色恋にまつわる嫉妬がある。お花は美人で、お久米は不美人……お久米はお花に相当強い対抗意識を抱いていたはずだ。さらに、お花は村の若い衆にチヤホヤされ、毎日のように夜這いを受けていたため、色恋に関する嫉妬も感じていたはず。毎晩のように男をくわえこんでいれば、母親も女としての対抗意識を抱いていたにちがいない。

しかも、強いコンプレックスをもっている人間は、強い嫉妬を抱く傾向がある。お久米は子どもからも「出っ歯のガリガリ。お前が嫁ぐ家などねえぞ」といわれるほどだ。相当に自尊心を傷つけられ、姉に対して強いコンプレックスをもっていたはずだ。

これだけ嫉妬の材料があったのだから、さぞかしお花はいじめられたのだろう。しかも、そのいじめは父親がいないときを狙って行われていたというのだから、陰湿だ。

「父親にいいつければよかったのに」と首をかしげる人もいるだろう。しかし子どもは、

「親にいじめられるのは自分が悪いため」と考えてしまうところがある。つまり、子どもが父親へ告げ口をするのは、「自分が悪い子です」といっているのと同じことになる。これでは告げ口できなくて当然だ。

しかし、不思議なのが容姿のちがいである。いかに異母姉妹とはいえ、父親が同じなのにこれほど違うものだろうか。その疑問を解く鍵となるのが「お久米は二人が結婚してすぐにできたひとつ違いの娘だった」というくだりである。このことから、お久米の父親が別の男である可能性が浮上してくる。誰かはわからないが、お久米の父親は酷男……そう考えると、お花が美人でお久米が不美人というのも納得がいくではないか。

束の間でも愛を求めたお花

昔はさかんに不特定多数の人物との性交が行われていた。その代表が、夜這いである。夜這いをしたのは、許嫁や恋人だけではない。女性の方が抵抗しなければ、誰とでもセックスができたのである。

ここで取りあげた物語を読むと、どうやらお花は「来る者は拒まず」だったようだ。つまり、かなりの好き者、いやセックス中毒と呼んだ方が的確かもしれない。だが、それが彼女の命を救うことになるのだから、運命というのは皮肉なものだ。

お花がこのように、若くしてセックス中毒になってしまった原因は、継母との確執にあったといっていいだろう。お花が求めても、母親は愛情を与えてくれない。与えられるのは意地悪や無理難題ばかりである。こんな毎日を過ごしていれば、すがる相手が欲しくなって当然だ。お花にとって夜這いをしてくる男たちは、束の間でも自分を愛してくれる大切な存在だったのである。

お花が見せた二面性

いじめは次第にひどくなり、継母はついにはお花を山へ置き去りにすることまでたくらんだ。しかも、死ぬことを期待しての置き去りだから、いわば「子殺し」である。

お花を山へ置き去りにする方法として母親が考えたのは、ずだ袋に穴を開けることだった。残酷な殺害方法が多数登場する民話や昔話のなかにあって、この方法は微笑ましささえ感じる。だがこれは、卑怯さのあらわれとも取れる。自分で手を下すのが嫌だから、ずだ袋に穴を開けるに留め、忌まわしい殺人は、オオカミか盗賊に任せたというわけだ。

しかしお花は山小屋を見つけ、事なきを得る。ただし、その代償として盗賊の親分に抱かれるわけだが、夜這いになれているお花にとってはたわいのないことだっただろう。それどころか、若い衆とでは味わうことのできない、濃厚でセックスを楽しんでいたはずだ。そして、それが幸いした。

お花はこの若さで女のよろこびを知り、同時に男のよろこばせ方をよく知っていた。そんな女がいたら、ほかの男にとられたくないと思うのは当然だ。だから親分は手下がくる前に、お花に床下に隠れるようにいったのだ。

そこでいさかいが起き、男は殺されてしまう。お花は大いに怯えるが、その直後に宝箱を盗むという図太さも見せている。これは、お花の二面性をよくあらわしているといえる。普段はとても清楚でしとやかな娘が、夜になると性に狂うという予想外な一面をさらけだす類型といえる。

恐るべき復讐劇

お花は宝の箱をかついで帰り、継母とお久米に披露する。二人は「これをどうしたのか」「ほかにもあるのか」と食いついた。その姿を見れば、「まだ四箱ある」と聞いた二人が残りの財宝を取りにいくことは容易に想像できたはずだ。

　つまり、お花はそれを話すことによって、継母とお久米を盗賊の隠れ家へと誘い、彼らの手で殺させようとしたのだ。それは継母が描いた「邪魔者を山に送り出し、第三者に殺させる」というシナリオと同じ。そう、お花は「目には目を歯には歯を」を行ったのである。

　もしそうでなければ、二人を手伝うこともできたし、「朝一番にいった方が良い」という忠告もできたはず。それをしなかったのは、未必の故意であろう。

　お花の思惑通り、二人は盗賊に見つかってしまう。もし、お久米が美人だったら、色仕掛けも成功したかもしれない。しかし、彼女は不美人だった。これも、お花が仕組んだ復讐だったのではないだろうか。お久米では盗賊を誘惑できないということを理解した上で、盗賊に抱かれたことを伝え、死ぬ直前にお久米に最大の屈辱を与えたのだ。そして継母には、目の前で愛するわが子を殺されるという無念さを味あわせた……。

　はたして、お花は自らの手を汚すことなく、継母と妹への復讐を遂げたのである。そう考えると、継母よりもお花という女が恐ろしくなるではないか。

酒呑童子

狙われた美しい娘たち

「聞いたか、今度は二条の酒屋が襲われたというではないか」

「それよ、それよ。あの評判の娘がさらわれたとな」

「男心をそそる、ひどく色っぽい娘じゃったが」

近頃の都では、丹波の大江山に住む酒呑童子という乱暴者の話でもちきりだった。この童子が手下を従えて山を下り、富裕な家に押しこんで、金銀財宝を奪う。それでは飽き足らないのか、若い娘までさらうというのだから、都の人々は震えあがっていたのだ。

そんなぶっそうな話がそこかしこでささやかれるものだから、都のあちこちに警護の武者が立った。だがそれでも、童子の悪行は一向に止むことはなかった。困り果てた帝は、武勇の名が高い源頼光に、大江山の乱暴者を退治するよう命じた。

頼光は、大勢の兵を率いていくよりも、目立たぬように少数精鋭が良いと考え、渡辺綱や坂田金時などの、とりわけ腕の立つ家来を呼んで、策を練った。そして十二分に策をめぐらせたのち、一行六人は山伏姿に身分を隠し、大江山へと出発した。

　さて、山へ近づくにつれ、道はどんどん険しくなり、難儀になった。それでも急ぎに急いで、ようやく大江山のふもとにたどり着いたときのこと。一行は柴刈りの老人とでくわした。

「ちと、お尋ね申す。このあたりの方かな」

「いかにもそうじゃ」

「山の上に岩屋があるというが、それはどこじゃ」

　ところが、聞くなり老人はにわかに狼狽した。

「おやおや、わざわざそんなところを訪ねるとは命知らずの方々じゃ。あの峰の先は鬼の栖と呼ばれ、めったに人の近づかぬところじゃ」

　そういって、一行の行く末を案じた。

「どうしても、その鬼の栖とやらにいかねばならぬ。道はわからぬものか」

「そういえば、しばらく先に小さな草庵がある。そこに男たちが住んでいるから、詳しく聞くがよかろう」

　一行は教えられた通りに道を進んだ。半刻も登ると、なるほど、ひどく粗末な庵があり、なかに三人の男の姿が見える。一行は近づいた。

「いったいここで何をしておる」

「私は都に住む者ですが、妻を乱暴者にさらわれ、探しながら、この地にきたのでございます」

「私も大切な娘をさらわれ、ようやくここへたどりついたのでございます」

「私は妻も娘も連れ去られ、必死に探しております」

「それは気の毒なことじゃ」

「もしや、あなた様方は岩屋にいかれるのではありますまいか」

「うむ、いかにも」

頼光が答えると、三人はすがりつくようにして口々に助けを乞うた。

「どうぞ、妻や子を救い出してくだされ」

「どうぞ娘を助けてくださいまし。あの乱暴者たちのなぐさみものになっているのかと思うと、体が震えまする」

そういって、泣きついてきたのだ。

「うむ。わしらもそうしてやりたいが」

男たちの切なる思いを胸に、頼光の一行は、山奥の谷川に沿って登っていった。すると、今度は半裸の若い女が、泣きながら血のついた着物を洗っているところにでくわした。

「これこれ、娘、そんなひどい格好でどうしたのじゃ」

頼光が訳を聞くと、娘は盛りあがった白い乳房を隠しながら答えた。

「はい。もとは都に住む者でしたが、乱暴者にさらわれたのでございます。こうして、ひどい目にあっているのは私ばかりではありません。都の女たちが次々にさらわれてきているのです」

「ひどい目にあわされたか」

「はい、恥ずかしくて口では申せませぬ」

見れば、腕といい肩といい、青いあざがいっぱいである。

「じゃが、見張りもおらぬようだが、なぜ逃げぬ」

「逃げれば、都の親をひどい目にあわせると……」

「なるほど、聞けば聞くほどひどい話じゃ。じゃが、安心せい。私たちは、その乱暴者の征伐のためにやってきたのじゃ。さあ、その城を教えなさい」

六人は女のあとについてさらに山深くに分け入り、ひときわ大きなゴツゴツとした岩の下に出た。その山には鉄の門があり、大きな城がそびえていた。

「お頼み申す、お頼み申す」

頼光は大声で叫んだ。

「誰じゃ、何者じゃ」

門番らしい者の、しゃがれた声が返ってきた。

「これは山伏の一行にござるが、山の中で道に迷って難儀しております。一夜の宿をお願い申す」

「山伏の一行というか。しばらく待て、お頭に聞いてみてやる」

そういい残すと、屋敷に入っていったようだが、しばらくするともどってきた。

「通れ」

どなり声とともに、鉄の門がにぶい音をたてて開いた。

大広間の酒宴

別の男に導かれて城に入ると、なかは想像以上に奥深かった。いくつも廊下を曲がって、ようやっと大広間にたどりついた。

「おっ、あれが酒呑童子か」

大広間の奥には、城の主と思われる男が鎮座していた。散切り頭で、顔は真っ赤。その眼光は、ほかの誰よりも鋭かった。

大木のような手や足には、黒い毛がもじゃもじゃと生えている。小山のように筋肉が盛りあがった二の腕が、尋常ならざるこの男の怪力をあらわしている。そのかたわらには、おそろしく太い鉄棒がゴロリと置かれていた。まちがいない、あれが酒呑童子だ。

しかし、頼光は恐れなかった。一礼すると前に進み出て、まずは礼をいう。

「すっかり道に迷ってしまいました。道に迷ったというので、宿をお貸しくだされ、ありがとうござりまする」

「そうかそうか。道に迷ったというのでかわいそうとは思う。じゃがな、この城には、ただでは泊めるわけにはいかん。ふっふっふ、金でも物でも出すなら、ゆっくりするがいいぞ。これから酒盛りをするでな」

「ちょうど、山里でもらった酒がございます。特上の酒でございます。一夜の宿のお礼に、これを差しあげましょう」

「そうか、どれどれ。うん、いい香りだ」

童子はとりわけ疑うでもなく、手下たちに酒盛りの支度をさせた。酒が用意され、肴が運ばれて、広間に並べられた。つづいて、さらわれてきたらしい娘たちが、酌に現れた。

酒呑童子はといえば、娘の一人を片手で抱き、大きな杯で特上の酒をがぶがぶと飲み、皿に盛った獣の肉を手づかみで、むさぼり食っている。そのあい間にも、娘の胸元に手を差しこんでは、乳房をもてあそんでいる。

「それ、おまえたちも飲むがよい」

その言葉を合図に、手下たちも一斉に杯を手にとる。グビグビと浴びるように飲み、何杯も何杯もおかわりした。

やがて手下どもは、体がだるくなってきたのか、ごろごろと横になりはじめた。それは酒呑童子も同じだった。

「ああ、眠いぞ。寝るとするぞ」

そういうと、酒呑童子は両腕に娘を抱きかかえて、自分の部屋にさがっていった。ときはきた。頼光たち一行は目くばせをすると、隠しもっていた鎧や刀を取りだし、身支度を整えた。

足音をたてないように、頼光たちは奥まった部屋に忍び寄った。すると、酒呑童子の声が聞こえてくる。

「これ、こちらを向くのじゃ」

酒呑童子は娘の可愛い頬に酒臭い口を寄せ、唇に吸いついていた。

やがて娘の息もハアハアと乱れはじめる。娘がたまらず童子に抱きつくと、童子はその上にのしかかっていく。それから、金棒のような一物を娘の湿った股間に押しつけた。

「あれ、あれ」

嫌よ嫌よも好きのうち。娘は童子の一物を受け入れると、その大きな体に両方の足をからませる。童子が腰を揺らしはじめると、娘のあえぐ声はそのたびに大きくなっていった。

酒呑童子の首

荒々しい交わりを終えると、酒呑童子は雷のような大いびきをかいて眠ってしまった。

「よし、よく寝入ったようだな」

その様子をじっくりとたしかめてから部屋に入った六人は、気どられぬように刀を抜くと、童子の枕元から鉄棒を取りあげた。

「よし、いまだ」

その声とともに、頼光は童子の喉元に刀を振り下ろした。つづけて残る五人も、力いっぱい斬りつけていった。

頼光の一刀が童子の首を深くえぐったように見えた瞬間、酒呑童子はくわっと目を開いた。それから、頼光たちを睨みつけながら、大きな体を起こした。

「うぬっ、貴様ら、何をする」

「悪行の報いだ。思い知るがいい」

「貴様ら、生きては帰れぬぞ」

物音に目を覚ました手下どもが頼光たちを取り囲むが、さすがに精鋭の武人にはかなわない。六人の刀のもとに、たちまち何人かの手下たちが斬り倒されてしまった。

しかし、手下はそれだけではない。次から次へと頼光たちに斬りかかってくる。しばらく斬り合っているうちに、さすがの精鋭たちにも疲れの色が見えてきた。それを察した酒呑童子は、大声を張りあげた。

「それそれ、やつらは力が尽きてきたぞ。いまこそ斬り殺してしまえ」

だが、頼光たちがそう簡単には討ち取られるはずもない。一進一退の斬り合いはなおもつづき、ついには童子たちの動きも鈍くなってきた。

「待て、待て」

息を切らせた童子が両手をあげた。

「待て。どうだ、このままでは、どちらも死ぬだけじゃ。よく考えるがいいぞ」

「どう考えるのじゃ」

すると童子は頼光を手招きし、なにやら、ひそひそとささやいた。

「ふむふむ」

童子の話に頼光はうなずいていたが、やがてポンと手をうった。

「なるほど。それならよかろう」

どうやら、お互いに話が通じたようだ。頼光も童子も、互いの手下の者たちに刀を引かせてしまった。

しばらくすると、童子は五つほど木箱を運び出してきた。

「ほれ、これだけあれば、十分じゃろうよ」

木箱のなかには、財宝がぎっしりと詰まっている。

「よかろう」

頼光は財宝を確かめると、自ら刀をふるって、斬られていた一人の男の首をズドンと斬り落とした。

「酒呑童子の首を討ち取ったぞ！」

頼光はそう宣言すると、その首を縄でしっかりと結わえて、家来どもにかつがせた。それから、つながれていた女たちを三人ばかり自由にした。

「さあ、これで都に帰れるぞ。よろこべ」

それから、頼光は渡辺綱や坂田金時などを従えて、堂々と都へもどっていったのである。

都の人々は、かどわかされた娘たちを連れ、そのうえ財宝まで持ち帰った頼光たちの働きを誉めそやした。

「たいしたものじゃ、頼光様は」

「これが酒呑童子の首じゃと」

「なんと、おそろしい顔よのう」

辻にさらされた〝童子の首〟を見た人々は、そういって吹聴して回った。

そのころ、酒呑童子は残った手下たちや娘たちとともに、別の山へ移る支度を進めていた。やがて武器や財宝、家財道具を一通りまとめ終えると、城に火を放った。

燃え盛る炎を眺めながら、童子はほくそ笑んだ。

「これで、酒呑童子という乱暴者はこの世から消えたのじゃ」

こうして忌み名を捨て、〝酒呑童子〟は大江山から姿を消した。それからの童子といえば、人知れぬ里へと移り住み、女たちに囲まれて楽しく暮らしたとか。

■『酒呑童子』の原典を読み解く

酒呑童子は本当に鬼だったのか？

本書に掲載される昔話のなかでも、この『酒呑童子』は、ひときわ異彩を放っている。なぜならば、源頼光という実在の人物が登場しているからだ。

源頼光は、平安中期の武将で、清和源氏満仲の長男にして摂津源氏の祖である。九九八年に摂政兼家が二条京極第新築をした際、馬を三〇頭献上したことや、一〇一八年に藤原道長が土御門第新造をしたときに、調度品の一切を負担したという記録が残っている。

一方の酒呑童子は丹波の大江山、または近江の伊吹山に住んでいたとされる鬼の大親分である。この名前は、酒が大好きで、しかも子どものような散切り頭をしていることからつけられたといわれている。背丈は六メートル以上で毛むくじゃら、巨大な一物を持ち、目は一五個、さらに角が五本、髪は真っ赤という恐ろしい風体である。

その伝説は様々あり、八岐大蛇と人間の女の間に生まれたという伝説や、若くして死んでしまった美しい男が、彼を慕う女性たちの情念によって鬼に化身したという物語も語られている。

この酒呑童子について「人を喰らう恐ろしい鬼の親分だ」と最初に記したのは、室町時代の『御伽草子』である。九尾の狐（様々なものに化けて人をだますという狐。その名は九つに分かれた尻尾に由来する。その伝説は隣国の中国にも語られ、殷の王の后は、九尾の狐が化けたものだったという伝説が残っている）、大天狗（壱岐に流され、怨みを抱いて死んだ崇徳天皇が化けたといわれる）と並ぶ日本三大悪妖怪だとする書物もある。

はたして、酒呑童子は本当に鬼に類する怪物だったのだろうか？

今日では、童子はそうした妖怪の類ではなく、鬼の面をつけて強盗や誘拐、婦女暴行を働いた凶悪な盗賊だったと考えられている。

実際、平安時代では、「鬼」という言葉が妖怪ではなく、治安を乱し、王権を脅かす存在を指す場合が多かった。征伐の場合も、盗賊や敵を討ったというよりも、「鬼を討った」という方が、はるかにインパクトがある。そう喧伝することで、失墜しつつあった王権のありがたみを民衆に知らしめたいという狙いがこの物語にはあったのかもしれない。

たとえば、酒呑童子の風体については、「毛むくじゃら」で、「人肉を喰らい生き血を飲む」と記されているものもある。これは野山に住む人間（盗賊）を指していたのではないだろうか。そう考えると、多くの謎が解けてくる。

「人肉を喰らっていた」とされるのは、当時の日本では肉食が禁止されていたが、野山には獣がたくさんいたため、それを捕まえて食べる姿を何者かが目撃したのだろう。ほかに働く術を知らない盗賊たちは、食料、金品、女を奪い、野や山を住処として生活するしかなかったのだ。

当時、鬼の退治は帝が名高い武将に命じるのが通例であった。これは、鬼を退治できるような武将を配下に置いていることをアピールするためである。そして、このときもそのセオリーどおり、天皇が源頼光に「酒呑童子を退治せよ」という勅令を出している。

京都に実在する「鬼の里」

「四天王」という言葉があるが、これが今日のような用いられ方をするようになったのは、この物語が原点だとされている。もともとは仏教用語で、四方を守る四柱の護法神（持国天、増長天、広目天、多聞天）を指していたが、頼光が酒呑童子退治のために集めた精鋭が四人だったことから、ある分野に素晴らしく秀でた四人衆のことも指すようになったといわれる。ちなみに、このとき頼光が選んだのは、渡辺綱、坂田金時、碓井貞光、卜部季武という四人であった。

渡辺綱は剣の達人で、京都の一条戻り橋の上で「羅生門」に棲む鬼の腕を切り落としたことで有名だ。坂田金時は、あの「足柄山の金太郎」で、怪力の持ち主である。碓井貞光と卜部季武についての詳しい記録は残っていないが、渡辺、坂田とともに四天王に選ばれたのだから、並外れた力量を持っていたのはたしかであろう。この四天王を従えて、頼光は叔父の藤原保昌とともに、総勢六人で討伐に向かったのだ。

一行が向かった童子の住処である大江山は、いまも京都府福知山市大江町に存在する。鬼伝説の本場として有名で、酒呑童子以外にも、三つの鬼伝説が残っている。現在は「酒呑童子の里」があり、「日本の鬼の交流博物館」が設けられている。

大江山を目指す一行は、粗末な庵で三人の男に出会う。物語によっては、「この三人は神々の化身」と記されているものもある。しかし、物語が事実である以上、妻や子どもを酒呑童子に誘拐された者たちと考えた方が自然であろう。

禁断のよろこびを知ってしまった女たち

大江山に入城後に気になるのは、酒呑童子に抱かれている娘たちが、それほど嫌そうな素振りを見せていない点だ。逆に、酒呑童子との愛技をたのしんでいるとしか思えない。

これは、酒呑童子が性技に長けていた、あるいは自慢の男根で魅了したとも考えられるが、媚薬、あるいは麻薬のような特別な薬を使っていたとも考えられるだろう。もしも娘たちが、麻薬という魔物の虜になっていたとしたら、以前の生活に戻ることは難しいだろう。そうなってしまったら、簡単には帰宅を許されたとは思えない。

そもそも、囚われていた娘たちは、一度ならずも鬼に辱めを受けていたはずだ。そんな娘たちが解放されたからといって、素直によろこべるはずもない。「いまさら都へもどりたくない」と感じる方が、はるかに自然であろう。

そう考えると、「頼光、鬼に囚われていた女たちを都へ返し、めでたしめでたし」という終わり方の物語が多いことも不自然に思えてくる。

不自然といえば、頼光たちは誰一人欠けることなく帰還に成功していることにも疑問が残る。酒呑童子の手下たちが何人いたのか正確な記述はないが、それなりの数をそろえていたはずだ。いかに精鋭の六人といえ、鬼とまでいわれ、これまで多くの兵団を退けてきた童子軍団を相手に無傷であることは、いかにも不自然ではないか。

そこで考えられるのは、ここで語られるように両者の間になんらかの了解が成りたったということだ。頼光たちは、それなりの成果を都にもち帰ることができれば喝采を受ける。

一方の酒呑童子軍団は代わりの首を差し出し、大親分の童子が退治されたことにすれば良い。あとは大江山を立ち退きさえすれば、それ以上攻められないのだ。

そう考えると、頼光と酒呑童子はお互いに無益な血を流さない解決策を選んだ。すなわち〝大人の解決〟を図ったという説が現実味をおびてくるのだ。

かちかち山

女郎屋に売られた娘

あるところに佐右衛門とトキという中年の夫婦が暮らしていた。子はないけれど仲が良く、小さな畑を耕したり、山から木を切ってきて炭を焼いたりして、貧しいながらも穏やかな日々を送っていた。

二人の唯一の楽しみは、トキの姪ウメがときどき訪ねて来てくれることだった。貧乏に暮らす二人ではあったが、ウメがいつ嫁入りしてもよいようにとすこしずつ金を蓄え、花嫁衣裳の準備もしていた。

ある日、畑仕事を終えた佐右衛門が、家路を歩いているときのことだ。道の脇の雑木林のなかから、「う〜ん、う〜ん」と苦しそうなうめき声が聞こえてきた。

「はて、誰かいるのだろうか」

けげんに思った佐右衛門が雑木林のなかに入っていくと、若い娘がうつぶせに倒れているではないか。

「どうしただ。大丈夫か？」

佐右衛門は慌てて駆け寄ると、女を抱き起した。

「どこか怪我でもしているのかい、それとも病気……か……」

娘の姿を見た佐右衛門は、思わず声を失った。このあたりで見たこともない、美しい女だったのだ。だが、それどころではない。娘はお腹を押さえたまま、うめいているばかり。

「なんだかわからんが、こりゃ大変だ」

佐右衛門は苦しむ娘を背負うと、家につれて帰った。素性も知れない若い女なのに、トキもまるで自分の子のように世話をした。

「まずは重湯《おもゆ》でも作って飲ませるか」

とにかく床をのべて横にすると、かまどに火をいれ、重湯を作ってやった。

その間も娘は、「う〜ん、う〜ん」とうめいていたが、トキが重湯を作って持ってくると、すこしずつだが食べはじめた。そして、やっと一杯を食べ終わったころから、苦しそうな表情は消え、顔に赤みが差してきた。

「これでひと安心じゃ」

夫婦は喜んで、その晩は代わる代わる娘の看病をしてやることにした。

翌日になると娘の具合はずいぶんよくなり、床の上に座れるようにまでなった。それからポツリポツリと事情を話しはじめたのである。

「どうして倒れてたんだ？」

「三日三晩、水しか飲んでなくて……お腹が空いて……」

「なして、そんなことになっただ？」

「家が貧乏で、借金の形に女郎屋に売られたのです。年季もあけたはずなのに、いっこうに帰してもらえなくて……。それで嫌になって、逃げ出してきたのです」

「そうかい、そうかい……大変な思いをしたんだね。まあ、元気になるまで、この家でゆっくりしていきな」

気の毒な娘の身の上話に、二人はすっかり同情した。

「あ、ありがとうございます。親兄弟に迷惑がかかるかもしれないから、家に帰るわけにもいかないし……。しばらく、お言葉に甘えてもよろしいでしょうか。なんにもできませんが、元気になったら、どうにかしてご恩はお返しします」

やさしい言葉に娘は涙ぐみ、ただただ頭を垂れた。

「なあに、恩返しなんてどうでもいいさ。とにかく元気になってくれりゃいいのさ」

娘の名前は登勢といった。哀れなこの娘を夫婦は自分たちの子どものように大切にし、娘はみるみるうちに元気を取りもどした。登勢は登勢で、二人の情けに応えるように家の手伝いをしっかりやった。

「そんなことせんでもいいのに」と夫婦が何度いっても、やめる気配はまったくない。炊事、洗濯、掃除はもちろん畑仕事まで、なんでも手伝った。

「ほんにいい娘だな。いっそのこと、うちの娘になってくれりゃいいのだが」

かいがいしく働く登勢の姿に、二人は口々に話し合った。夫婦の思いを知ってか知らでか、登勢はますます夫婦に尽くすようになった。

そんなある日のこと。トキが実家の法事に出かけることになった。そのころには、登勢はすっかり娘のようになっていたから、トキは夫と娘盛りの登勢を残して、しばらく家を空けることにした。

しかし……。

佐右衛門を誘う白い体

「いってらっしゃい」

そういってトキを見送ったあと、登勢は豹変する。いつもの可愛らしい顔から、みるみるうちに欲望を露わにした女そのものの顔に変わっていったのだ。

そして、佐右衛門が畑から帰ってくる時間を見はからったように裸になると、家の土間で行水をはじめたではないか。

「いま戻ったよ」

何も知らない佐右衛門は、いつものように家の表戸を開けて入ってきた。

「うっ」

あられもない姿で行水している登勢の姿に、佐右衛門は思わず絶句した。

「おっとごめんよ。おらは表で待ってるから、終わったら声をかけてくんな」

佐右衛門は、そそくさと家の外に出ていった。だが、登勢の体を流れる水の音と、甘い声が佐右衛門を追いかけてくる。

「あ〜、気持ちいい」

登勢は誘うように、なまめかしい声をあげる。

最初こそ気にするまいと思っていた佐右衛門だったが、登勢の若い体がどうしても頭から離れない。やがて誘惑に負けた佐右衛門は、表戸の横にある小さな窓をほんのすこしだけ開けると、なかを覗き見てしまったのだ。

「……なんと、ふるいつきたくなるような体じゃ」

佐右衛門は、ごくりとツバを飲んだ。

登勢はこのときを待っていたかのように、若い体をこれ見よがしにさらす。豊かな乳房をゆっくりと洗ってみせたあと、片方の手でそれを揉みしだいた。それから、へその下の大事な部分に指をはわせると、秘所を擦るようにして自分を慰めはじめたのだ。

「あ〜ぁ」

登勢は白い体を震わせながら、いっそう艶やかな声をあげる。その様子を覗いていた佐右衛門は、もう我慢ができなくなっていた。もっと良く見たい。つま先立ちになったとき、足がふらついた。

パチッと足元の小枝が折れて、小さな音をたてる。一瞬だが、その物音に振り向いた登勢と目があった気がした。佐右衛門はあわてて飛び退くと、家の前の切り株に腰を下ろした。

何事もなかったようにして待っていると、佐右衛門を呼ぶ声がする。

「お待たせしました。どうぞお入りください」

いつもの登勢の声だ。覗いていたという気恥ずかしさもあって、佐右衛門は言い訳をしながら表戸を開けた。

「すまんな。覗くつもりはなかったぞ。ただな、お前があんまり美しいもんだから……」

佐右衛門は思わず、つばを飲んだ。

そこには、素っ裸のままの登勢がいた。そればかりでない。土間から一段上がった板敷きの上で、まるで佐右衛門に見せつけるように、大きく股を開いているではないか。その目つき、その口元は、女郎屋で磨いた、男をつかんだら離さない媚と色気に満ちていた。

佐右衛門の理性もこれまでだった。ひき込まれるように登勢に駆け寄ると、佐右衛門はそのまま股間に顔を埋めた。登勢は待ちかねていたように、中年男の性欲を受け入れる。

「ねえ、もっと強く、もっと激しく」

登勢は佐右衛門の頭を自分の秘所に押しつけ、自由自在に操った。そして佐右衛門の着物を剝ぎとると、いきり立った男を迎え入れた。二人は寝食も忘れて激しくまぐわい、やがて閉め切った小さな家のなかは、男と女の臭いが充満していった。

いったい何度、果てただろうか……。気がつくと、トキのもどってくる刻限が近づいていた。佐右衛門は名残惜しそうに登勢の体から離れると、互いの体に染みついた男女の臭いを洗い流した。それから家の窓という窓、戸という戸を開けて、家中にこもった熱気を外に逃がした。トキが歩く姿が見えたのは、ちょうどそのときだった。

妻の死肉を飲んだ佐右衛門

トキが帰ってくると、登勢はいつも通りの可愛らしい娘に戻り、実の子のような態度でトキに接した。佐右衛門は佐右衛門で、登勢とのことを話すわけにはいかない。二人は何事もなかったように、トキの前で振るまった。

だが、それでも佐右衛門と目が合ったときの登勢は、どきりとするほどの色目を使ってくるようになった。佐右衛門はそのたびにつばをゴクリと飲み込み、トキにばれやしないかと冷や汗をかくはめになった。そして、後ろめたさに耐えかねた佐右衛門は、なにかにつけて家を空けることが多くなっていく。

だが、女の勘というものは鋭いものだ。

佐右衛門と登勢の間に流れる空気の微妙な変化に、トキは気がついていた。二人の仲を疑いはじめたトキだが、もとより確証を得たわけではない。佐右衛門や登勢を問いただすわけでもなく、騒動にまではならずにいたのだ。

そんなわけで、しばらくはいつも通りの三人暮らしがつづいた。

そうして暮れも押しつまったころ、貧しいこの家でも正月を迎える準備がはじまった。だが、佐右衛門はそそくさと畑に出かけてしまい、トキと登勢の二人で用意をしなければならなかった。

なけなしの銭で手に入れた餅米で餅をついていたとき、登勢の魔性が牙をむく。

はじめはトキが餅米をついていたが、女の手には杵は少々重すぎた。次第に腕が鉛のように重たくなってきた。

「母さま、私が替わりましょう」

そこで登勢が、トキから杵を取りあげて餅をつきはじめた。

「母さまは手合わせをしてくださいな」

登勢にいわれるがまま、トキは臼のなかの餅をひっくり返す手合わせをはじめた。

「もっと臼のなかをかき回してくださいな。そう、もっと、もっと」

そういわれてかがんだトキの頭が臼のなかに入った瞬間、登勢は杵をトキの頭上に振り下ろした。

「ギャーッ」

家中にトキの悲鳴が響いた。臼は、みるみるうちにトキの血で満たされていく。鮮血に染まった杵をもったまま、薄笑いを浮かべた登勢がそれを見下ろしている。トキはつき殺されてしまったのだ。

登勢はトキの亡骸をずるずると裏庭に引きずっていくと、今度はナタで切り刻みはじめる。細かく細かく切り終えたところで、それを煮立った汁に投げこんだ。それから、何食わぬ顔で、佐右衛門が帰ってくるのを待った。

「いま帰ったよ。おいトキ、飯にしてくれ」

何も知らない佐右衛門が妻の名を呼んでも、返事はない。その代わりに登勢が応える。

「母さまは餅をウメのところに届けにいきました。もしかしたら帰りは明日になるかもしれないそうです」

登勢はそういうと、佐右衛門に汁をすすめた。

佐右衛門は一口、汁をすすると小首をかしげた。なにやら、いつもと違う味がする。だが、イモや大根がたくさん入ったいつも通りの汁だ。佐右衛門はすすめられるままに、汁を飲んだ。やがて腹が一杯になったところで、登勢が床を用意してくれた。佐右衛門は登勢とまともに目を合わせることもできず、布団にくるまると寝てしまった。

翌朝になっても、トキは帰ってこなかった。それどころか、登勢の姿もどこにも見えない。ウメのところに迎えにいこうと腰をあげたところで、ちゃぶ台の上の紙切れに気がついた。登勢が書いたのだろうか、女の文字で殴り書きがある。

「な、なんだと……」

それを読んだ佐右衛門の顔色が、みるみるうちに青ざめていく。

「やいやい、女房を食った亭主だ。金はもらっていく。お前は女房の肉を奥歯にはさんでろ」

次の瞬間、佐右衛門は激しく嘔吐した。夕べ自分が食べた汁が、トキの死肉で満たされていたことを知ったからだ。佐右衛門は吐きながら泣いた。自分の愚かさに、妻を失った悲しみに、おいおいと泣きつづけた。

佐右衛門は来る日も来る日も泣き暮らした。どれくらい日がたったろうか、しばらく顔を見せない夫婦を心配したウメが訪ねてきた。

「おじさま、どうして泣いてるのかい」

「おお、ウメか……。女房が……、トキが登勢に殺されてしまったんだ……」

憔悴しきった佐右衛門からわけを聞き終えると、ウメはにわかに立ちあがった。その目は涙を浮かべるどころか、怒りの炎を燃やしていた。

「おばさんの仇は私が必ずとってきます。ここで待っていてくださいな」

怒りを押し殺した低い声でそういうと、ウメは家を出ていった。

炎のように燃えあがった女の秘所

そのころ、夫婦が必死になって貯めた金を持ち出した登勢は、隣村にある自分の家に帰っていた。雑木林のなかで腹が痛くなったのは本当だったが、身の上話はすべて嘘だった。二人が金を貯めこんでいるのに目をつけた登勢はそのまま家にいすわり、奪う隙を狙っていたのだ。

どうにかして登勢の足取りをつかんだウメは、憎い女の家にやってきた。小窓からなかの様子を覗いてみると、若い恋人と抱きあっているではないか。

登勢は哀れな中年夫婦の末路を得意気に語り、男も一緒になって下品な笑い声をあげている。奪ったお金は、ヒモ同然の男に貢ぐためのものだった。

ウメはいますぐ殴りこみたい気持ちをぐっとこらえ、じっと思案した。やがて、何かを思いついたウメは登勢の家を離れると、山奥へ分け入っていった。

次の日、ウメは自分の家にこもりきりで、山から採ってきた野草を薬研《やげん》でゴリゴリとすりつぶした。丹念に薬研車を往復させ、野草がトロリとした液状になったところで、それを小さな竹筒に入れる。それから、再び隣村へと向かうと、登勢の家から少し離れた道ばたに座りこんだ。そうして、登勢と寝ていた若い男が通りかかるのをひたすら待ちつづけたのである。

やがて、男はやってきた。

「もし。そこの方、良い薬はいらんかね?」

ウメは男に声をかけた。

「私は病気じゃないからね、薬はいらないよ」

「病の薬じゃありません。男と女の妙薬だよ」

「ほう、それはおもしろそうだな。で、いったいどんな妙薬なんだい？」

「この竹筒のなかの秘薬を女の秘所に塗ると、火がついたように男をほしくなり、男を受け入れてからはまるで夢見心地になれるんだ。一度使ったら病みつきになることまちがいなし。二度と手放せなくなるよ」

「そうかい、そんな薬だったら一度使ってみたい。娘さん、それを売ってくれるかね」

「いいですとも。でも、この薬を塗ってすぐは、女とまぐわってはいけませんよ。十分に女が男を欲しくなってから、体がほてってくるまで、しばらく待ってくださいな」

「なるほど、男をほしくて悶える女の姿を見るのも一興だな」

若い男は薬を手に、さっそく登勢のもとを訪れた。とるものもとりあえず登勢を裸にすると、その秘所に薬を塗りたくった。

しばらくすると、登勢の体はほてってきた。

それから今度は、身もだえしはじめた。そしてついには、気も狂わんばかりに、大切なところを床にこすりつけたではないか。

「熱い、熱い。燃えるように熱いよ～」

「いいぞ、いいぞ、もっと狂え」

男はその姿を見て楽しんでいたが、どうやら様子がおかしい。

「ギャーッ」

とうとう登勢は叫び出し、どうしたことかと心配になってきた男の目の前でのたうち回り、そのうちに白目をむいて失神してしまった。

登勢が死んだのかと思って男は、胸に手を当ててみた。心臓は動いているから、どうやら気絶しただけらしい。だが、股間を見てみると、なんと真っ赤にただれて腫れあがっていたのだ。

「こりゃ大変だ」

ことがことだけに、医者を呼ぶわけにもいかない。とりあえず布団に寝かせて、男はひとまず自分の家に帰ることにした。

翌日、登勢を心配して見舞いに行こうとする男を、道ばたでウメが待っていた。今度は、男の方から、ウメに近づいていく。

「おい、昨日の薬はいったいなんだ!?　悪いものでも混じっていたんじゃないのか?」

「あらあら、すこし塗りすぎてしまったようですね。腫れてしまったのでは、お楽しみどころじゃないですよね。今度はこれを塗ってあげてくださいな。二、三日ですっかりよくなりますよ」

そういいながらウメは別の薬を取り出すと、男に手渡した。男は疑ってはいたものの、ほかに頼れるもののない。気は進まないが、もう一度だけ試してみることにした。

登勢の家にいくと、容体はあまり変わっていないようだ。息も絶え絶えに横になっている女の着物の裾をまくると、股間はただれて腫れあがっている。男はすこしだけ薬を指にすくうと、女の秘所にそれを塗りつけた。

「うん、うん、う〜ん……」

登勢はしばらくうなり声をあげていたが、急に静かになってしまった。痛みがおさまって眠ったのかと思ったが、身じろぎひとつしない。それどころか、寝息が聞こえてこない。恐る恐る胸を触ってみると、心臓が動いていなかった。

「ヒエッ」

男は驚き飛び退くと、一目散に逃げていった。

一部始終を見ていたウメは、男が姿を消したところで家にあがりこみ、部屋にあるものを物色すると、金目のものを片っ端から持ち出して町で売り払った。そして、登勢が老夫婦から奪った以上の金を手に入れたのだ。

「おばさんの仇はうちました。盗まれたお金も取り戻しました」

ウメは佐右衛門のところにいくと、そういってなぐさめた。

　そののち、ウメは村の若者と結ばれる。祝言でウメが着た花嫁衣裳は、佐右衛門とトキが支度していたものだったという。

■『かちかち山』の原典を読み解く

人肉は豚肉の味

『かちかち山』は、五大昔話のひとつである。一般に伝わる『かちかち山』は、おじいさんに捕えられたタヌキがおばあさんを殺して煮物を作り、それをおじいさんに食べさせるという前編と、ウサギがおじいさんに代わってタヌキをこらしめて最後には殺してしまうという後編に別れている。

もともとこの話は、前半もしくは後半だけで語られていたものが、のちに組み合わされたという説がある。たしかに、「なんの罪もないおばあさんがタヌキに殺され、知らずにおじいさんがその肉を食べてしまった」という物語では救いがないし、「ウサギがタヌキをこらしめて殺してしまう」という物語では、なぜウサギがそこまでしなければならなかったのかという動機が不鮮明だ。

このふたつを組み合わせれば読者も溜飲が下がるだろうし、おじいさんの無念も晴らすことができる。そして、ウサギの行動にも正当性を主張できるようになる。

しかし、もともと『かちかち山』に登場していたのはタヌキとウサギではなく、人間だったという説もある。何気ない顔をして実際には悪賢いことを考えている人間をタヌキと表現するし、白いウサギは巫女の化身だといわれている。そう考えると、この物語は人が人をだまして殺し、さらに別の人間がその復讐をなしとげるという生々しい物語を、登場人物たちを動物にたとえることによってオブラートに包んだともとらえられるのだ。

子ども向けの『かちかち山』の物語でタヌキとされているのは、美しい登勢という女であった。助けてもらったのをいいことに、素性を偽って中年夫婦の家へ入りこむ。佐右衛門を誘惑したあげく、トキを撲殺。その亡骸を汁にして、金まで盗んでいった。どう考えても情状酌量の余地はないこの女とやりとりについて、その物語も様々に語られている。たとえば、弁当を盗み食いした女をおじいさんがつかまえ、縄でぐるぐる巻きにして家へ連れて帰り、おじいさんが役人を呼びにいっている間におばあさんを撲殺して汁にしてしまうというものもある。

おじいさんにつかまる理由はほかにも、「田植えを邪魔した」「からかった」などである。その後はおおむね、女がおじいさんにつかまって家へ連れていかれ、そこでおばあさんを殺して汁にしてしまうという展開となる。

人肉食はタブー視されているが、それを題材にしている民話や昔話は、実はすくなくない。酒呑童子や鬼婆の物語はそのなかでも最も有名なものだし、『遠野物語』のなかにも死んだ愛妻の肉を食べた男の話が登場している。

余談になるが、実際に人肉食の記録もある。なかでも有名なのは、豊臣秀吉の「鳥取城渇殺し」である。秀吉は鳥取城を包囲して兵糧を完全に断った。牢城二ヵ月にして食料は枯渇。牛馬はもちろんのこと、土壁のなかに塗り込められたワラまで食べたあげく、人々は人肉を食いはじめたという。

これ以降も、大飢饉のときには必ず人肉市場が立ったという記録が残っている。天明の大飢饉では、生きた子どもの腕を親が食いちぎるという凄惨な光景さえ見られたという。

ところで、人肉はどのような味なのか。「太ももは鳥のもも肉に似て美味だ」ともいわれているが、科学的に分析すると、人間の筋肉を構成するアミノ酸成分は豚肉に近いため、味も豚肉に近いはずである。その証拠とまではいえないが、二〇〇五年にアメリカで発売された「人肉味の豆腐」なるものは、豚肉のような味だったという。

近親相姦の暗示か

佐右衛門の家に入りこんでから、しばらくセックスをしていなかった登勢は、無性に男が欲しくなった。そんなときに目に前にいたのが、佐右衛門である。「すっかり娘のようになっていた」というから、佐右衛門と登勢の間には二十歳程度の歳の差があったのだろう。いまでこそ二十歳差のカップルは珍しくないが、当時は滅多に見られなかったのだろう。それでも佐右衛門に誘いをかけたのだから、登勢はかなり性欲が溜まっていたのだろう。

佐右衛門の方も、登勢を娘と思っていたといっても、やはり一人の男だ。若い裸体を見せつけられ、これみよがしに自慰をはじめられては、とても我慢ならなかったはずだ。

ちなみに、このシーンは近親相姦を暗示しているという説もある。近親相姦は、人肉食とともに強いタブーとされている行為である。とくに親と子の間の近親相姦は精神的なダメージも大きく、アメリカでは強姦とみなされる場合が多い。その一方で、日本ではいまだにそれを取り締まる法律がないという点が興味深い。これは、近親相姦を肯定する文化的土壌が日本に古くからあったとも考えられる。

その後に描かれる、男と女の違いも興味深い。

佐右衛門は、登勢にみつめられるたびに冷や汗を流すなど、落ち着かない態度を見せるようになる。それに対し、登勢の堂々としたこと。

もうひとつ恐ろしいのが、トキの勘の鋭さである。しかも怪しいと感じながらも、何もいわない。男の詰めの甘さと、女の恐ろしさを実感させる場面ではないか。

おそらく登勢も、このトキの態度に感づいていたのではないだろうか。何もいわないトキに恐怖した登勢は、その恐怖が日々膨張し、ついには「殺さなければ殺される」というところまでいってしまったのではないか。そして、恐ろしい惨劇が起こる……。

ここでは、登勢は「女房の肉を奥歯にはさんでろ」と書き残しているが、ほかに「婆を喰らった爺め、流しの骨を見ろ！」という手紙が残っており、流しを見るとおばあさんの頭蓋骨がゴロリと転がっていた、という凄惨な物語が伝わる地方もある。

いずれにせよ、佐右衛門はそれまで仲睦まじく暮らし、なんの罪もない妻の死に残酷な形で直面することになる。佐右衛門の無念さ、おぞましさは想像を絶するものだ。もちろんこれは、妻を裏切り、登勢と交わった報いと考えることもできるのだが。

秘部に塗りつけたのはカラシ

悲嘆にくれる佐右衛門のもとに現れるのが、姪のウメである。ウメは佐右衛門を助けてくれる人、つまり救世主的な存在である。そのような人物を、神の使いとされるウサギとたとえるのは、ごく自然なことだったろう。

トキと佐右衛門の無念を晴らすため、ウメは登勢を捜し出し、その情夫に「媚薬」を差し出す。子ども向けの『かちかち山』では、このときウサギがタヌキに差し出したのは「やけどの治療薬」とされているが、興奮した秘部の充血を「やけど」と書き換えたのであろう。

ちなみに、ウメが作った媚薬の正体はカラシ、または蓼《たで》と考えられている。カラシは、芥子菜の種を粉末にしたもの。現在でも、和ガラシもしくは黄カラシとして販売されているものに近い。一方の蓼は「蓼食う虫も好き好き」の「蓼」である。川の周辺や湿地に生える一年草で、葉や茎に辛みがあり香辛料としても用いられる。

こんなものを、体のなかで最もデリケートなところに塗ったのだから、のたうち回るのは当然だ。登勢は、あまりの痛さに恐ろしい叫び声をあげながら転げ、あげくの果てに気絶してしまう。

しかし、ウメの復讐はまだ終わらない。とどめとばかりに、今度は毒薬を情夫に与える。秘部は粘膜と薄い皮膚で覆われている。ましてやひどい炎症を起こしていたのだから、毒薬の浸透はきわめて早かったはずだ。かくして登勢の全身を毒がかけめぐり、彼女は絶命することとなった。

これでもかなり陰惨な殺し方だが、なかには、尻の穴に松ヤニを塗りこむ、竹を尻の穴に突っこむなどして排便できなくし、腹のなかを便まみれにして殺すという恐ろしい手口が紹介されているものもある。

最近の『かちかち山』は、おばあさんが汁にされるところがカットされていたり、殺人事件そのものが起きないものも多い。「子どもにとってはあまりにも残酷な話だから」という理由である。しかし、ここで取りあげたように、古来より語られてきた話はもっと残酷なものだった。そう、本当の『かちかち山』は男女の歪んだ性愛に人肉食いや陰惨な復讐劇がプラスされた、一級のホラーストーリーとも考えられるのである。

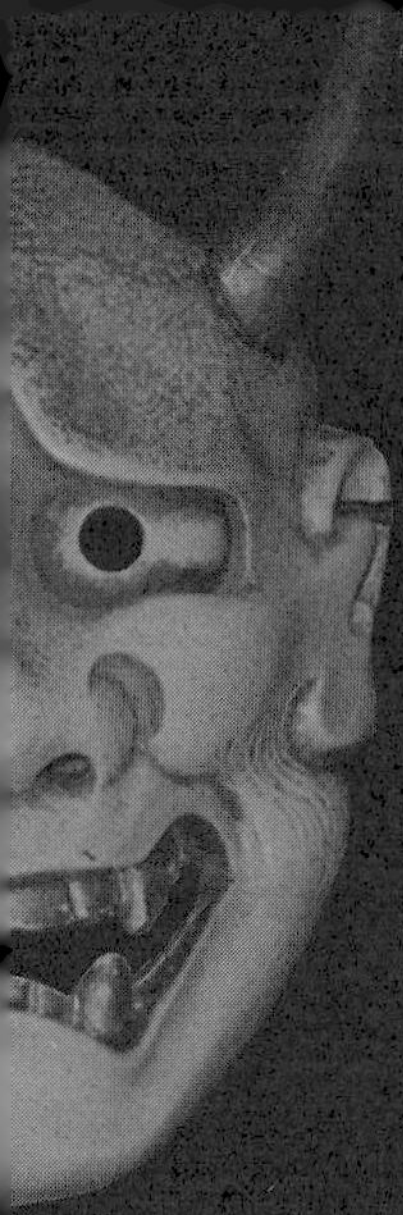

寝太郎

三年間寝つづけた男

昔むかし、ある山里に怠け者の若者がいた。仕事もせずに、毎日毎日寝てばかり。いつしか村のみんなから寝太郎と呼ばれるようになり、バカにされていた。

仕事をしないから、お金なんか一銭もない。田畑はもちろん住む家もなく、竹の棒を地面に突き刺した上にムシロをかぶせ、その下で日がな一日寝て過ごしていた。

食事といえば、気の毒がった近所のばあさんがときどきもってきてくれる残飯だけ。それも寝ている間に野良犬や野良猫に食われてしまうから、いつも腹を空かしていた。それでも「面倒くせえし、眠いよ」と、起きあがろうとしなかった。

寝太郎がこんな暮しをはじめてから三年と三ヵ月後、運命を変える出来事が起こる。天下を治めた将軍様が、「すべての民から税金を取る」というおふれを出したのだ。商人は金を、農民は農作物を、そして何もない者は労働で奉仕をしなければならないという。

差し出すものが何もない寝太郎は、労働で奉仕するしかない。だが、体を動かすくらいなら死んだ方がましだ。なんとか税金を納めずにすむ方法がないものか……、寝太郎は寝ながら知恵を巡らせた。

そんなある日、村の若い衆の話に、寝太郎の眉がぴくりと動いた。

「おい、聞いたか。庄屋さんとこの一人娘が婿を探しているそうだ」

「あの娘っ子も一八だからな。お前はどうだ？」

「なにをいってるだ。わしみたいな小作人が相手にされるわけはねえべ」

「ハハハ。それもそうだな」

それを聞いた寝太郎が、目を開けた。

「ふーん、こりゃうまい話を耳にしたぞ」

いつしか天狗を待ちわびて

夜がすっかり更けたころ、寝太郎はひょっこり起きあがった。それから汚れた褌でほっかむりをすると、近くの畑に忍びこむ。ヘチマを無断でちょうだいすると、そのまま庄屋の屋敷へと向かった。その日はちょうど新月で、鼻をつままれてもわからないような漆黒の闇が村を包んでいた。しかし、朝から晩まで寝ている寝太郎は、まるでフクロウのように夜目が利いたため、不自由なく歩くことができた。

思った通り、庄屋の屋敷はしんと静まりかえっている。寝太郎は「しめしめ」とほくそ笑み、塀を乗り越えて台所から忍びこんだ。そこで包丁を見つけてヘチマの端をスパッと切り落とした。それから中身をほじくって、しっかりと鼻にはめた。夜目に見れば、その姿は天狗そのものだ。

それから、あちこちの部屋を覗きこみ、一人娘の部屋を探した。やがて娘の部屋を見つけた寝太郎は、そーっとふすまを開けると、足音ひとつたてずに部屋に入りこんだ。それから、娘が眠るきれいな赤い蒲団のなかにするりと滑りこむ。

寝太郎は何やらゴソゴソとやりはじめる。すやすや寝ていた娘は、太ももの内側に生暖かい何かが触れるのを感じたが、夢だと思い、起きようとはしなかった。だが、その〝何か〟は太ももの付け根にたどり着くと、ちょんちょんと娘の秘所を突き、ついにはグイッと娘のなかに分け入ってきた。

「ひっ」

あまりの痛みに、娘は目を覚ました。すると目の前には、獣の臭いがする大男がいるではないか。暗くて良くわからないが、顔のあたりから長い鼻が伸びている。

「て、天狗様っ！」

娘は自分にのしかかっていたのが天狗だと知り、二度びっくり。

「しずかにせい！」

だが、うなるような天狗の声に、娘は黙ってうなずくしかない。

娘はそのとき、村娘が天狗の男根で突いてもらうと、その村が豊作になるという言い伝えを思い出し、「村人のため」とがまんすることにした。そうしてされるままにしていると、不思議と痛みが消えていく。それどころか、いままでにない心地よさが襲ってきたのだ。悲鳴をがまんしていた娘は、いつの間にあえぎ声をがまんするようになっていた。

こうして長い夜が明けるころ、天狗はこういい残すと、音もなく帰っていった。

「このことは誰にも話すでないぞ。口にしたら、一族を皆殺しにするからな」

昨夜のことは夢だったのか、それとも本当に天狗だったのか……。娘は両親に打ち明けることもできないまま、一日を過ごし、また夜がやってきた。

その晩も、部屋の障子が音もなく開き、長い鼻の天狗があらわれた。

「しずかにしていろよ」

天狗はそういうと娘の脚の間に割って入り、昨日と同じように生暖かい棒を股間に押しつけてきた。娘は心の底では嫌だと思ったが、体は正直である。股間が濡れるのを止められない。やがて充分に潤うと、天狗の物が体のなかに入ってきた。

するとどうしたことか、昨日より痛みはやわらぎ、反対に心地よさが増していたのだ。

男を知らなかった娘は、ただ不思議がるしかなかった。

天狗の夜這いは次の日も、その次の日、そのまた次の日も続いた。そのころには娘の体も慣れてきたのか、心地よさがさらに増していた。いつの間にか、娘は天狗がやってくるのを楽しみにするようになっていた。

天狗様のおぼしめし

天狗の姿をかりた寝太郎は、庄屋の娘のところへ二七日間も通いつづけた。

そして、二八日目の朝、寝太郎はめずらしく朝っぱらから起き出した。それから、ばあさんのところで餅を分けてもらうと、山へと出かけていった。昼過ぎに帰ってきた寝太郎は、大きなカラスを一羽生け捕りにしていた。

さてその夜は、庄屋の娘にはじめて夜這いしたときと同じ新月の夜だ。寝太郎は鼻にヘチマを取りつけ、カラスを脇の下にかかえると、いつものように庄屋の屋敷の塀を乗り越えた。それから、庭にある立派な松の木によじ登ると、大声で叫んだ。

「みなの者、起きるのじゃ。庄屋はいるか。いるなら身なりを正して、わしの前へ出てまいれ！」

真夜中に響いた大声に、屋敷の者たちは飛び起きると、恐る恐る庭を覗き見た。しかし、その日は真っ暗な新月の夜。何も見えるわけがない。

「ど、どなたでございますか」

寝ぼけ眼の庄屋が恐る恐る問いかけると、闇のなかから声が落ちてくる。

「わしは裏山の天狗じゃ！　庄屋に申し渡すことがある。身なりを正して、早よ出てまいれ。逃げ隠れすると、たたりを及ぼすぞ！」

天狗と聞いて、庄屋はびっくりぎょうてん。大あわてで紋付袴と白足袋に扇子を揃えると、庭に飛び出した。

「お、お待たせいたしました。私が庄屋でございます」

庄屋が暗夜に向かって深々と頭を下げると、再び天狗の声が落ちてきた。

「お前には娘がおるな」

「は、はい、おります」

「その娘、婿を探しているということだが」

「よ、よくご存じで……」

「あたりまえじゃ、無礼者！　この天狗にわからないことがあってどうする。わしの目には千里先、千年先まで見通す力があるのだぞ」

「へへー、失礼いたしました」

庄屋は庭先で平伏した。

「お前の娘婿はこのわしが決めやろうと思うのだが、相異ないだろうな」

「も、もちろんでございます。それどころか、ありがたき幸せです」

「うむ。それなら告げる。お前の娘婿は、寝太郎じゃ」

「ね、寝太郎ですって！　いくら天狗様のお言葉でもそれは」

「なぜ、いかんのじゃ」

「寝太郎は、何もせずに三年間も寝つづけているという怠け者でございます」

「庄屋なら、汗水垂らして働かなくてもよかろう」

「そ、それは……」

「いいか、庄屋。もし、わしのいうことを聞かなければ、お前だけではない。お前の娘や家の者たち、この村にも災いが起きるぞ」

「わ、災いでございますか」

「そうじゃ。災いじゃ。お前の家は没落し、娘の命の炎は一年以内に消えるであろう。そして、家の者は病で倒れることになる。田畑はずっと不作がつづく。それでもよいのか」

「そ、それは娘が一年以内に死ぬということでございますか」

「ああ、そうだ」

庄屋はいまにも泣き出しそうな顔で、天狗にむかって懇願する。

「それは困ります。まだ娘は一八になったばかり、二十を迎えずに死ぬなど、我慢がなりません」

「それが嫌なら、寝太郎を婿にするのじゃ。そうすれば、すべてうまくいくぞ」

こうまでいわれたら、寝太郎を婿にするしかない。庄屋はしかたなく頭を下げると、無念そうに「承知いたしました」と答えた。

「よし、必ず約束を守れよ。もし守らなかったときは、もう一度戻ってくるからな。さらばじゃ！」

そういって寝太郎が脇の下の力をゆるめると、カラスがバザバサと羽音をたてながら、飛び立った。「カァカァ」と鳴きながら山の方へ戻る様子は、屋敷の者たちにもわずかに見え、天狗がカラスに姿を変えて山へ戻ったのだと、みなはすっかり信じてしまった。

もしやあなたは天狗様

天狗のおぼしめしとあれば、庄屋も反故にするわけにはいかない。娘はこれも運命と泣く泣く受け入れ、庄屋は祝言の準備に追われた。そうと決まれば、あとは婿殿だけだ。庄屋は、有無もいわさず寝太郎を連れてこさせると、垢まみれの体をきれい磨きあげさせた。そして、その翌日には強引に式を挙げさせてしまったのだ。

いくら家のため、村のためとはいえ、村一番の怠け者の嫁にされたのだ。娘が嫌々ながら初夜を迎えたのも当然だろう。ところが、寝太郎が覆いかぶさり、生暖かい物が股間に触れた瞬間、娘はハッと気がついた。

「もしや、あなたが天狗様」

寝太郎は黙ってうなずくと、そのまま娘のなかへ入っていった。周囲の心配をよそに、二人が仲睦まじい夫婦になったのは、いうまでもないだろう。

不思議なことに二人が夫婦になって以来、この村では豊作がつづくようになる。こうして、村人全員が苦労もせずに税金を払えるようになったのだ。村人たちは「これもみんな天狗様のおかげ、寝太郎のおかげ」と、それはそれは感謝したとさ。

■『寝太郎』の原典を読み解く

怠け者の成功譚

『寝太郎』の物語には、大別してふたつのあらすじがある。ひとつは、怠け者の寝太郎が天狗に化けて庄屋や長者の娘婿になるという話。そしてもうひとつは、ぐうたらで怠け者の寝太郎（こちらは庄屋や長者の息子）が、ある日突然、千石船を仕立てて佐渡へ渡り、職人たちのわらじを持ち帰ってそこから金を抽出。その資金をもとにして荒れ地を開拓し、それを村人たちに分け与えるという話だ。

最も有名な『寝太郎』の物語は、山口県南西部の山陽町に伝わる「寝太郎伝説」で、この寝太郎は荒れ原を開拓したとされている。地元の信仰は驚くほど厚く、寝太郎の像があるほどである。

ここで取りあげた『寝太郎』は、前者のあらすじである。一般に伝わっているのは、天狗に化けて庄屋をだますというシンプルな物語だが、実際にはその前に、寝太郎が庄屋の娘に夜這いをかけるというシーンがあったのだ。子どもに読んで聞かせるにはあまりにも生々しいため、いつの間にかカットされたのであろう。

村八分より恐ろしい税

「果報は寝て待て」ということわざがある。人の力では幸運を招くことはできないから、焦らずに時機のくるのを待てという意味だ。そんな調子のいい話があるわけがないと思いきや、この物語に登場する寝太郎は「果報は寝て待て」を実践してしまった。

しかし、いかに成功したとはいえ、寝太郎に対する風当たりは、かなり強かったはずだ。日本には「村社会」という言葉があり、これは江戸時代以前の村の構造を象徴している。この言葉には様々な意味が含まれるが、その代表的なものは「出る杭は打つ」「よそ者は排除する」「一定レベル以下の者は糾弾する」などだろうか。

寝太郎が田畑も住む家ももっていなかったのは、彼が働かないことに業を煮やした村民たちが接収してしまったのではないか。つまり寝太郎は、村八分にされていたのである。

しかし、「捨てる神あれば拾う神あり」という言葉通り、たった一人だけ彼を気にかけてくれた村人がいた。それは、近所のおばあさんである。このおばあさんがいなければ、寝太郎はのたれ死んでおり、〝逆〟玉の輿にのることもできなかっただろう。

村八分にされていても、寝太郎はそれなりに幸せだったようだ。だが、そんな暮しに変化をもたらしたのが、税金のきびしい取りたてであった。戦国の世の統一を果たした豊臣秀吉は、七年をかけて検地を実施し、年貢の額を正確に割り出したのだ。

安土桃山から江戸時代にかけて農民が支払う税金は五割から六割（五公五民もしくは四公六民）、なかには八割という信じられないほど高い税率を課していた藩もあった。

また、商業や漁業者は収入の三分〜一割を税金として納めていた。寝太郎は田畑を持っていなかったから、税金を労働力で支払うしかなかった。しかし、ぐうたらな寝太郎が働くことは考えられなかったから、智恵を絞ったわけである。

生娘をとりこにした寝太郎の性技

そんなときに聞こえてきたのが、庄屋の娘が婿取りをするという話であった。庄屋といえば身分は百姓ながら、名家しかなれない村落の長である。その婿になれば、あくせく働く必要はないと寝太郎は考えたのだろう。

しかし、ありきたりの手段では、村八分になっている怠け者と名家の娘が一緒になれるはずがない。そこで寝太郎は強硬手段に出ることにしたのだ。

まず、庄屋の娘に夜這いをかけた。この場合は、夜這いというよりも強姦といった方がいいかもしれない。しかも、挿入時に叫ぶほどの痛みを感じたということは、庄屋の娘はおそらく処女だったはず。もし、夜這いが露呈すれば、村人たちの集団リンチは避けられないだろうから、まさに命懸けだ。

だからこそ、寝太郎はヘチマを使って天狗に化けた。そうすることで、娘の口を封じ、庄屋までだましてみせたのだ。

この天狗という言葉は中国から伝わったもので、もとは彗星や流星を意味していた。それが変化して、山中で生活する異人または妖怪という意味になったのだ。天狗は空を自由に飛ぶなど、様々な超能力を持つとされていたから、庄屋一家はそのたたりを恐れたのだ。

いうまでもないが、天狗の鼻は男根の象徴である。庄屋の娘が信じた通り、村の女が天狗の男根で突いてもらうと豊作になるという言い伝えは各地に残っている。村の代表という使命感を持った娘の口封じにはもってこいだったのだ。

かくして寝太郎は、まんまと庄屋の娘婿におさまった。ぐうたらで有名な寝太郎と結婚させられた娘は、さぞかし驚き、不満を覚えただろう。しかし、寝太郎の一物が股間にふれたとたん、彼女は天狗の正体を知った。庄屋の娘にとって、天狗（＝寝太郎）とのセックスは、それほどまでに印象的だったということであろう。

それにしても、生娘をとりこにした寝太郎の性技は、どこで獲得されたのだろうか？これについては明らかになっていないが、「寝太郎」と呼ばれるようになる前に秘密があるのかもしれない。

ちなみに、『寝太郎』に類似する話として『ものぐさ太郎』がある。江戸時代に刊行された『御伽文庫』に掲載されている物語で、怠け者の主人公が、労働力で税金を納めるために都へあがるというエピソードが加わる。ものぐさ太郎は貴族となって百二十歳まで生き、なんと死後は明神様として祀られる。

いずれにせよ、すべてのあらすじで主人公は労せずして成功する。しかも、みんなから崇められるようになるというハッピーエンドは、当時の男たちの願望だったのかもしれない。

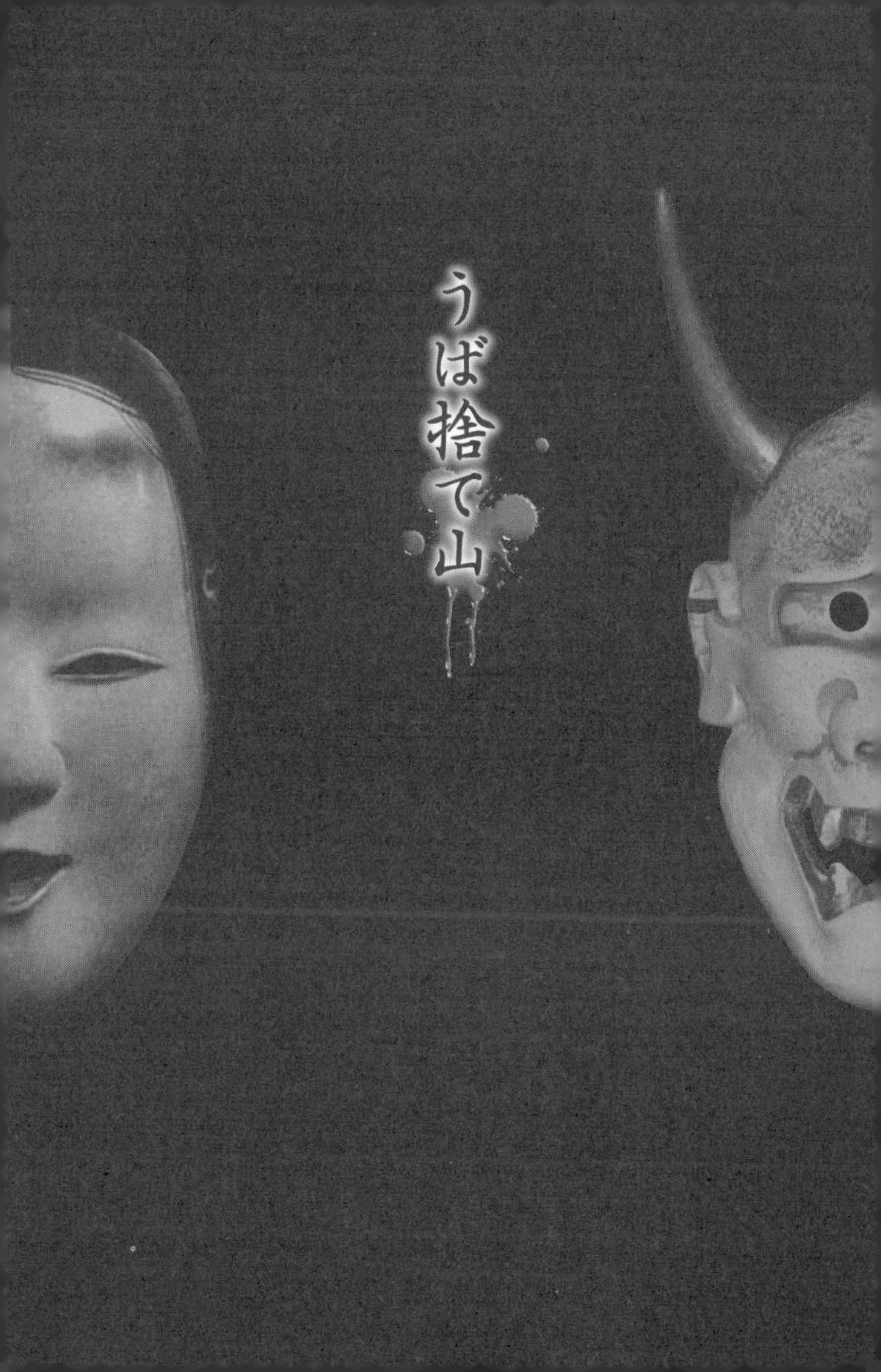

うば捨て山

母親を捨てられなかった孝行息子

昔むかし、あるところに、親孝行もんの男が住んでいた。年老いた母親をとても大切にして、それはそれは仲睦まじく暮らしていたという。

けれども、このあたりの村では、何もできなくなった年寄りは山に放りにいくという古くからの風習があった。それは村の掟のようなもので、従わなければ村八分にされてしまうのである。別のところでは、親が六十になると、山に穴を掘って埋めねばならぬという決まりまであった。

その男の住む村は作物もろくにとれず、夏は厳しい暑さに苦しめられ、あわもひえも食べつくして、近くの野の雑草まで食べるような暮らしが続いていた。冬はひどい雪に閉じこめられ、稼ぎに出るのもままならなかった。

こんなひもじい暮らしのなかでは、いくら親孝行の息子でも音をあげてしまう。ほかの村人たちの目も厳しくなり、母親を養うのが難しくなってきたのだ。

困り果てた孝行息子は、嫁に相談した。

「どうすべえ。やっぱり婆さを山に連れていかねばなんねえか」

「ほんとに、どうしたらいいかねえ」

そんな話が何度も出るうちに、とうとう男が苦渋の決断をする。

「そろそろ婆さを山に連れていかなくては。村のしきたりがあるからのう」

義母思いの嫁は、必死にひきとめようとした。

「なんとかならねえものか」

だが、男は首を縦にはふらない。

「山向こうの甚五郎も、川向こうの呉作も、とっくに親を山へかついでいったんだ。おらとこだけ、このままにしておくわけにはいかねえ。それに、このままでは、食うもんも食えなくなるしなあ」

男はまるで自分にいい聞かせるようにして、嫁をたしなめるしかなかった。

そうして、いよいよ前の晩になると、なけなしの米くずで薄いかゆを炊いて、年老いた母親に食べさせた。それが別れのしるしなのだ。

「おふくろ、それじゃ出かけるかのう」

そして朝になると、母親を背中にかついで、山に向かって歩き出した。

すっかり軽くなった母親を背負いながら、男は泣く泣く山道を登っていった。秋が近くなっていて、木々は黄色く色づきはじめていた。

山が深くなってくると、道はどんどん細くなった。すると、母親はポキポキと木の枝を折っては投げておる。不思議に思った息子が尋ねた。

「ありゃ、婆さ、なんで木の枝を折っておるんだ」

「それがや、お前が帰るとき、道に迷っては困ると思っての」

子を思う母親の言葉を聞いて、息子は涙を流した。

「ありがてえ。おらは家の食いもんがなくなるから……そればっかりが心配で、婆さを山に連れてきちまったんだ。それなのに婆さは、おらの帰り道を心配してくれるのか。すまねえ。本当にすまねえ。おらがまちがってたよ」

息子は捨ててくるつもりだった母親を背負ったままで家に戻ると、人に隠れて養うことにした。嫁はもちろんよろこんだが、こんなことがほかの村人にばれてしまったら、ただではすまない。

「あんた、大丈夫かねえ」

「かんべんしろ。婆さを捨てるなんてできねえんだ」

「そんなら、誰にも知られんようにな」

そこで、家の床下に穴を掘って、そのなかに母親を隠して面倒を見ることにした。日に一度、芋を煮たのやら、草の根を刻んで煮たのやら、ときどきは米のとぎ汁を温めて食べさせていた。それでも家に金が生まれて出るはずもない。夫婦は空きっ腹をかかえる日がつづき、どうにも困り果ててしまった。

太鼓を打たずに鳴らすには

そんなある日のことだ。このあたりの大名主が、殿様と知恵くらべをしたという話が伝わってきた。殿様は大名主に、「灰縄千束と、打たぬ太鼓の鳴る太鼓を持ってこい」という難題を吹っかけたらしい。

村には、こんな難題のわかる者など一人もいなかったが、「これを解いた者には、ほうびは望み次第」という。しかし、その話を聞いた母親は、息子に知恵を授けた。

「そんなことは造作もねえ。灰縄千束はのう、こうすればええんじゃ。鉄の箱を作って縄千束をそのなかさ入れて、塩を振りかけてから火をつけて焼けばできるさ」

「ひえっ、それでええのか。ならば、打たぬ太鼓の鳴る太鼓というのはなんだべ。聞いたこともねえ」

「打たぬ太鼓の鳴る太鼓は、紙の太鼓を作って、そのなかに蜂を入れればええ。これで外から打たなくとも、蜂がなかで騒いで太鼓が鳴るべえ。さあ、これを大名主様に教えればええぞ」

息子が婆さのいう通りにすると、見事に、灰縄千束と打たぬ太鼓の鳴る太鼓ができたではないか。

「ひええ、たいしたもんじゃ」

これを大名主に差し出したところ、いたく感心された。見事知恵くらべにも勝ち、たいそうなほうびをいただいたのだ。このほうびのおかげで、暮らしはすっかり楽になり、母親を養うこともできた。

だが、そんな幸せも、長くはつづかない。それからしばらくして、孝行息子はちょっとした風邪がもとで、ぽっくりと死んでしまったのだ。それからは、残された嫁が息子の遺志を継いで、義母の面倒をみていた。

しかも、ひょんな折に、村一番の怠け者の伝六に母親の姿を見られてしまったのだ。

村一番のなまけ者に犯される嫁

伝六はかねてより、この嫁に横恋慕していた。その日も畑仕事の帰りに、嫁の姿を一日見ようと、垣根をかき分けて覗き見ていたのだ。すると、間の悪いことに、母親が厠にいくために、床下から出てきたところだったのだ。

（ありゃ、婆さでねえか。そうか、山へ放ったとは真っ赤な嘘。家んなかに隠しておったのか）

伝六はしめしめとばかり、さっそく嫁をいじめにかかった。夜になると、嫁の家の様子をうかがい、それから戸をたたいた。

「開けてくろ」

それが伝六の声だと思った嫁は、冷たい返事をする。

「またきてくれや」

「こりゃ困ったべ。ようやく夜道を歩いてきたで」

「とにかく夜はだめだよ」

「昼間は人目につくで、わざわざ夜にきたんじゃ」

「人目についてはいかんのかね」

嫁が小さな声でたずねる。すると伝六は、いやらしくこういった。

「そうじゃ、内緒の話じゃからの、ぐひっひ」

内緒の話と聞いて、嫁は心配になった。もしや隠している義母のことではないかと気になってしかたがない。

「内緒とは、いったいなんのことかね」

おそるおそる、尋ねてみる。

「ふふふ。この家に誰か隠れておるようだのう」

すると伝六は、思わせぶりにそう答えた。

「知らんよ、そんなこと」

「そうかい。それじゃ、村の衆に話して、家探ししてもらおうか」

「大きな声を出さねえでくれ」

「大きな声は生まれつきじゃ」

嫁はしかたなく戸を開けると、伝六を土間に通した。

「人に見られてはいかんからの、ふふ」

伝六は脅すように、にじり寄ってくる。

「なんせ、村の掟にそむいたことじゃからなあ」

その言葉に、嫁は青くなった。それでも、必死にとぼけようとする。

「村の掟とはなんのことやら」

「何をいうかい。おめえとこの婆さのことじゃ。死んだ息子が婆さを山に捨てたふりをして、実は家にかくまっとるじゃろうが！」

「そ、そんなら、ここの名主さまに申しあげるとするか」

名主のところに告げ口されてはえらいことになる。ついに嫁は観念して、伝六に泣きついた。

「この話は、どうか内緒にしておいておくれよ」

「黙っておれというなら、黙ってもいいよう。じゃが、ただというわけにはいかんな」

伝六は嫁の手をとると、顔を近づけてきた。

「それ、魚心あれば水心というじゃねえか。おれのいうことを聞けば、誰にも話さずにすましてやろうよ」

伝六に体を自由にされることを思うとゾッとした。しかし、義母ごと村から放り出されるようになったとしたら、二人して、のたれ死ぬしかない。

「どうぞ、思い通りにしておくれ」

嫁は、小声で応じるしかなかった。

してやったりとばかりに、伝六は家にあがりこむ。それから、しっかり嫁を抱えこむと、じわじわと着物のなかに手を差しこんだ。

「ふふ。おめえは村一番の器量良しだ。百姓仕事をしていても、肌もきれいじゃ」

伝六の唇と指は、いじきたなく嫁の体中をはい回る。そしてとうとう、秘所にたどりつく。嫁は辱めに耐え、伝六が果てるのをひたすら待った。

そうやって伝六はたっぷりと楽しんだあと、満足げに嫁をからかった。

「どうだ、おめえもまんざらでもあるめえ」

嫁がその問いかけに答えることはなかった。

こうして、嫁の弱みをにぎった伝六は、その後も通ってくるようになり、そのたびに嫁の体を楽しんだ。嫁は伝六を心底嫌っていたが、母親のことを引き合いに出されると、泣く泣く伝六の自由にされるしかなかった。

■『うば捨て山』の原典を読み解く

本当にあった「棄老伝説」

体が衰え、畑仕事や子守りなど、満足に家事もできなくなった年寄りを、かごに入れて山へ捨てる……。

実際に、そんな残酷な時代があった。ヨーロッパでも早くから伝承されていたようで、古代ペルシャにおいても、これに近い話が伝えられている。同じように、日本の各地に「姥捨て」や「親捨て」の話が残されているのである。

とりわけ有名なのが、長野県の姨捨《おばすて》伝説であろう。なぜ〝おばすて〟と呼ばれるのか。それは、こんな話が伝わるからである。

信濃の更級というところに、ひとりの男がいた。若いころに親が死んで、おばの手で育てられた。おばは、この男を自分が産んだ子のように可愛がり、男も、おばを親のように慕っていた。

ところが、男が妻をめとると、妻はおばを疎ましく思い、あれこれと男におばの悪口を吹きこむようになった。ついには、おばを捨ててくれというようになった。男はやむなく、おばを背負って山へ捨ててきてしまった。だが、帰ってはきたものの、とても眠れはしない。たまらなくなった男は、再び山へいって、おばを連れ戻したのである。

このほかにも、類似する伝説はあれこれある。たとえば、同じ更級郡にも、別の伝説もあるのだ。

「その昔、城主なにがしという者、領内を見回る際には、この村の名主の所へ立ち寄るならいであった。しかし、名主の家には、六十歳を越した醜い老姥がいて、城主からひどく嫌われていた。そこで名主は、城主の目に触れさせないように努めていたが、ついにその老姥を、月の清い十五夜の晩に、ひそかに山に捨てたという。それから、この山は姥捨山と呼ばれるようになったのである」（村松定孝『新日本伝説100選』より）

こうした話を総称して「棄老伝説」と呼ぶが、作家の深沢七郎が小説『楢山節考』の舞台として選んだのは甲斐国だった。民間伝承の棄老伝説を題材とした作品で、山深い貧しい部落の因習に従い、年老いた母を背板にのせて真冬の楢山へ捨てにいく物語である。

柳田国男の昔話記録のなかにも、福井の土地での「老人の生き埋め」という話が記述されている。

「昔、武生の山里に、一人の孝行息子がおった。その当時は、親が六十歳になると、山に穴を掘って埋めねばならぬ規則であった。その息子は親一人に子一人、わけても孝心深い者であったから、親が六十になっても埋めかねていた。それでも規則が許さないので、泣く泣く埋めた。

ところが穴のなかから、鈴を振る音がして、七日七夜も続いて聞こえた。息子はいよいよたまりかねて、規則を犯して親を掘り出した。そのことが殿様の耳に聞こえたが、殿様もその孝心に感心して、罪にも問われず、以来、何歳になっても親を捨てることはできぬということになった」

いずれにしても、「親捨て」の話の源は、生々しい実話なのである。各地で老人が惨めな老後を送っていたことが察せられるではないか。

「うば捨て」は密告社会の恐怖のシンボル

ところで、本文中には「村八分」の話が登場する。

村八分とは、掟や秩序を破った者に対して、地域の村全体がその者との交際を絶つことをいう。「八分」の語源としては、地域の十種の共同行為（冠・婚・葬・建築・火事・病気・水害・旅行・出産・年忌）のうち、葬と火事以外の八種の交際を絶つためとされる。

葬は、死体を放置すると臭いが漂い、伝染病の原因となる。火事は延焼の恐れがある。こうした他人に迷惑がかかる二分だけは除外されたのである。

村八分にされると、共同の所有地が使えなくなったり、薪炭や肥料（落ち葉や堆肥）の入手が難しくなるなど、暮らしにくくなる。

もっとも、村落のなかでの掟や秩序は、有力者の利益にかなった場合も多く、決して公平なものとはいえなかったようだ。

こうした「村八分」はもちろん、「棄老」の風習も、ある時期からすたれていったのだが、その地その地で、いかに強制されたとはいえ、どうして長い間続けられていたのだろうか。物の不自由な時代で、一人でも食い扶持を減らすための〝知恵〟だったとはいえ、なんとも納得できないものがある。そこで浮かんでくるのは「密告」である。

たしかに、親孝行の家では「なんとかして親を家で死なせてやりたい」と願い、人目にたたぬように隠して、養っていたにちがいない。しかし、ふとしたことで、それを隣人が知ったらどうなるか。

「おらの家でも、泣く泣くおふくろを山さ捨てただ。なのに隣は、内緒で親父をかくまっておるようじゃ。こりゃ、お上に申しあげねばなるめえ」

このように密告されても不思議ではない。

つまり、根は善良な人々が、お互いに縛りあっていたために、「親捨て」は成りたっていたのだ。その意味で、「親捨て」は、密告社会を形成する恐怖のシンボルだったともいえるのではないだろうか。

雪女

峠の出来事

雪深い国に、権兵衛と巳之吉という猟師が住んでいた。権兵衛は五十を過ぎていたが猟は上手く、巳之吉は若いが、猟の腕ではまだまだ権兵衛にかなわなかった。二人は毎日のように山へ入っては、キツネやウサギやイノシシ、ときにはクマを追いかけて生計をたてていた。

「権兵衛どん。そろそろ峠だな」

「そうさ。峠あたりに罠を仕掛けたから、何かかかっているだろうよ」

次の猟場の話をしながら、二人は山の峠への道を登っていく。あたりはすっかり紅葉しているから、じきに冬がやってくる。道には黄色や茶色の落ち葉が散り敷いていた。

「おや、誰かくるぞ」

峠を越えてきたのだろうか。木立の陰から、人の姿が現われた。袋を背負い、杖を手にして、茶色の粗末な着物をきた女が足早に細い道を下ってくる。若い女のようだ。

巳之吉たちとすれちがったとき、なんともいえない香りがした。若い女らしく、何か良い香りがするものを肌につけていたのかもしれない。あるいは、匂い袋のようなものをもっていたのかもしれない。

巳之吉が残り香に酔いしれていると、権兵衛がふいにきびすを返した。

「おい、巳之吉。おめえ、ちょっと先に行ってろ」

「え？」

「いいから、先にいってろ」

そういい残すと、権兵衛は女のあとを追うように林の道に消えていった。

ところが、権兵衛はいくら待っても帰ってこない。心配になった巳之吉は、一時ほど過ぎたところで、権兵衛の足跡をたどり、林の道を戻ってみることにした。

すると、二丁ほども下りたあたりで、藪のなかに権兵衛がいるのが見えた。どうやら、うずくまっているようだ。

「あれ、権兵衛どん」

近づいていくと、先ほどの女がすぐ側に横たわっている。

「いったい、どうしただ」

「しっ」

「権兵衛どん、どうしたんだよ」

よくよく見れば、女はぴくりとも動かない。息もしていないようだから、気を失っているわけでもない。

権兵衛は黙って立ちあがると、巳之吉のところににじり寄ってきた。それから、いままで見たこともない、おそろしい顔をしてこういった。

「ええか、誰にも話すじゃねえぞ」

「権兵衛どん、まさか……おめえ」

なんと、女に乱暴しようとして抵抗された権兵衛は、思わず女を殺してしまったのだ。

それを悟った巳之吉は真っ青になった。

「この女、素直にいうことをきけばいいものを……。殴りかかってくるもんだから、首を絞めてやったのよ。おらが悪いんじゃねえさ」

「ほ、本当に死んじまったのか」

「そうよ」

権兵衛は女の体をズルズルと引っ張っていくと、谷底をめがけてけり落とした。女の体は何度もせりだした岩や木々にぶつかりながら、谷底へ落ちていった。

「ええか、このことは、誰にも話すんじゃねえぞ」

巳之吉はガタガタと震えながら、うなずくだけだった。

やがて、この地方にも雪が降りてきた。

吹雪の夜にあらわれた白い女

それから三年がたったある雪の日のこと。

いつものように権兵衛と巳之吉は二人で山に猟に出かけた。朝からぐずついていた天気がいっそう悪くなり、風も強くなってきた。

「これじゃ猟にならねぇなぁ」

「権兵衛どんがそういうんだから、今日はやめにするか」

二人はそういい合うと、一刻も早く山を下りようと道を急いだ。だが二人の足より速く、雪が降り出してしまう。

「ひどくなったなぁ」

風がひょうひょう吹き、雪も横なぐりになり、とうとう吹雪になってしまった。前に進もうにも雪が深くて進まず、吹雪で目を開けていることもできない。

雪山に慣れている権兵衛と巳之吉だが、これでは右も左もわからない。いつの間にか見当ちがいに進んでいた二人は、帰る道を見失ってしまったのだ。しかし、運の良いことに、巳之吉が目ざとく炭焼きの小屋を見つけた。

「あ、ありがてぇ。あそこに小屋があるぞ」

二人は吹雪のなかを必死に進み、小屋へ転がりこんだ。とにかく雪のやむのをここで待つしかない。幸いにも、小屋の中は半分が床張りになっていて、そこに囲炉裏があり、薪もあった。山の神様に感謝しながら、二人は火を起こして暖をとった。

しばらく横になりながら、吹雪が過ぎるのを待ってみたが、いっこうに止む気配がない。小屋の外ではびゅうびゅうと激しい風雪が吹き荒れ、小屋の戸をガタガタと揺すっている。

「こりゃ、おさまりそうにねぇな」

「ああ、このままここで朝まで寝るしかあんめぇ」

二人がそう話していると、吹雪の音にまぎれてコンコンと小さな音がした。こんな吹雪だ、もしやほかにも遭難しかけた者がいたのかもしれない。巳之吉が戸を開けてみると、雪まみれになった女が一人立っていた。

「どうしたね」

「道に迷ってしまいました。どうぞ小屋に入れてくださいな」

「そりゃ、困ったべぇ。さあ、こっちさきて火にあたりな」

髪についた雪をはらいながら、小屋に入ってきた女の顔は透き通るように真っ白だ。巳之吉は細面のきれいな顔をどこかで見たような気がしたが、どうしても思い出せない。

一方の権兵衛は、女がきてからというもの、目じりを下げたままだ。無遠慮に女の胸元や尻をじろじろと見ながら、体の雪をはらい落としたり、火にあたらせたり、やたらと世話をやいた。

（五十を過ぎたというのに、相変わらずじゃのう）

巳之吉には、権兵衛の助平心が手にとるようにわかった。

やがて夜が更けると、三人は床張りにごろりと川の字に並び、寝ることにした。このときも、権兵衛は隅の方に女を寝かせると、自分はその横に体を寄せた。

巳之吉は、二人の様子と吹きつける雪の音が気になって、なかなか寝つけなかった。小屋がギシギシ揺れるほどのすさまじい吹雪で、火をたいている小屋のなかも冷えに冷え切っている。歯の根もあわないほどの寒さとはこのことだ。それでも巳之吉はいつの間にやら、うとうと眠ってしまった。

私のことを覚えているかい

どれくらいたっただろうか。

ふと目を覚ますと、権兵衛が女に近づき、覆いかぶさっているではないか。

女は、はじめのうちはさからっていたが、そのうちに権兵衛のいいなりになったようだ。

二人はしばらく絡みあっていたが、いつの間に女が権兵衛の上になっていた。馬乗りになった女は、権兵衛の顔を白い手でおおった。すると、権兵衛の体から血の気がひいていき、みるみるうちに白くなってしまった。

巳之吉はその様子を声もたてずに見つめていた。

権兵衛の体の上から下りた女は、今度は、巳之吉の体の上に覆いいかぶさってきた。必死に起き上がろうとしたが、体に力が入らない。声をあげようとしても、まったく声が出ないのだ。そうこうしているうちに、女の顔が近づいてくる。その表情と目つきは、凍りつくような冷たさだった。

女は巳之吉の顔をじっと見つめたあと、ふいに話しはじめた。

「私のことを覚えているかい。三年前のことだよ」

「三年前……」

「峠であったことを忘れたかい」

巳之吉はぎょっとなった。思い出したのだ、あの峠の女のことを。

「谷底に落とされたのは私。その恨みをようやく晴らしたのさ。今夜お前が見たことは、誰にもいってはいけないよ。もし話したら、お前も殺してやるからね」

女はそういって、その冷たい体を巳之吉の体から離すと、音もなくすうっと戸口を開ける。そして、吹雪のなかへと消えていった。

巳之吉はそれを見届けると、張っていた気が解け、そのまま寝入ってしまった。

翌朝、目が覚めた巳之吉は、昨夜のことが夢だったのか、現実だったのかもわからなかった。ふと横を見ると、権兵衛が寝転がっている。

「権兵衛どん、権兵衛どん」

大声で名前を呼んでも体を揺さぶっても、返事をするどころか、目も開かない。恐る恐る頬を触ってみると、ひどく冷たい。

「ひっ」

権兵衛はとっくに息絶えて、すっかり冷たくなっていた。やはり、あれは夢などではなかった。寒い小屋のなかで、あの白い女に殺されてしまったのだ。

一人生き残った巳之吉は、その後も山へ猟に出かけた。権兵衛から教わったやり方で、キツネやイノシシを追って暮らしたという。だが、あの吹雪の夜のこと、権兵衛の死の真相、雪のように白く美しい女のことは決して口にすることはなかった。

■『雪女』の原典を読み解く

物語の原典は青梅にあった

『雪女』の物語で最も有名なのは、一九〇四年に刊行された小泉八雲（ラフカディオ・ハーン）著の『怪談』に編纂されているものだろう。それゆえ、多くの人が覚えているのは、女が巳之吉の前に再びあらわれて、夫婦になり、子も授かったが、最後は別離が待っていたという結末であろう。だが、この結末も様々あり、口止めされていた夜のことを口にした夫を、雪女が惨殺してしまうという陰湿なものもあるのだ。

ちなみに、八雲が書いた『雪女』は、そのほかの物語と同様に、八雲が出雲出身（現在の島根県東部）の妻・節子から聞き取った怪談を再編したものである。そのため、永らく出雲周辺に縁がある民話であると考えられてきた。

しかし、最近の研究によって、武蔵の国西多摩郡調布村（現在は青梅市）出身の親子から聞いた話がもとになっているということが判明している。現代の感覚でいえば、青梅は都心にほど近く、雪深いイメージなどまったくない。しかし、当時の青梅市周辺はいまよりもずっと寒く、獲物を求めて山に入りこんだ猟師たちが大雪で遭難することも珍しくなかったのだ。

そんなところから、この物語が生まれたものと考えられている。余談であるが、現在の青梅市にある調布橋のたもとには「雪おんな縁の地」と記された石碑が設置されている。

女人禁制の掟が生んだ悲劇

この物語の主人公は猟師である。猟師といえば男性というのが古い常識である。だが、なぜ猟師＝男性なのか。そのひとつの理由と考えられているのが、山の神が女性であるということだ。いまでこそ、女性が一人でも登山する時代だが、当時はちがった。山に女が入ると山の神が嫉妬して、災いが起きるという言い伝えが信じられていたのだ。

理由は、もうひとつある。東西を問わず、古くから生理のときに女性の流す血は、不浄とされてきた。神聖な山に、不浄な血を流す女性を立ち入らせるわけにはいかない。山に女性が入れなかった理由は、そんなところにもあったのだ。

とくに上信越地方ではこうした古いしきたりが強く信じられており、「名猟師といわれた男の女房が山に一歩足を踏み入れたとたん、一匹も獲物が捕れなくなってしまった」という民話があちこちに残っているのだ。いずれにしても、女性が山に入れない時代だったからこそ、『雪女』の物語が生まれたのだ。

女が山に立ち入れないということは、猟師たちが女と接する機会が極端にすくないということでもある。権兵衛も「女と会いたい」「女を抱きたい」と強く思うあまり、山のなかで見かけた女を襲ったのかもしれない。しかも、騒がれたので、思わず殺してしまったという。もしかしたら、権兵衛はそれまでにも、そうやって女を襲っていたのかもしれない。

これは、現在でいえば強姦殺人である。しかし、現代のように警察組織や自治体組織も整備されていない時代だ。ましてや、人家はおろか、灯りひとつないような山道だ。一人で山中を歩く女が、男につけ狙われてしまうのは当然といえば、当然である。

雪女は低体温症の幻覚だった？

それから三年後、権兵衛と巳之吉は猟の途中で吹雪に襲われる。幸いなことに炭焼き小屋が見つかったので、そこへ避難することができた。しかし、炭焼き小屋というのは本来、冬を過ごすようにはできていない。二人はろくな防寒着ももっていなかったようだから、いくら囲炉裏があったといっても、さぞかし寒かったはずだ。

極端に寒いところに長時間い続けると、低体温症になる。低体温症とは、直腸の温度が三五度以下になった状態をいう。最初は全身が震え、手がかじかんで細かな作業ができなくなる程度だが、やがてもうれつな眠気が襲ってくる。巳之吉がうとうと眠ってしまったのはこの状態で、軽度の低体温症といえるだろう。おそらく、このときの巳之吉の体温は三三〜三五度まで下がっていたはずである。

さらに体温が低下すると、幻覚を見るようになる。なかには、「雪女は、こうした状態で見た幻覚」と主張する者もいるが、巳之吉が見た女も、やはり幻覚だったのだろうか？

巳之吉たちの前にあらわれたのは、三年前に権兵衛が首を絞め、谷底へとけり落とした女だった。巳之吉は幽霊だと思っていたようだが、どうやらちがうようだ。権兵衛に首を絞められた女は、そのまま気を失い、一種の仮死状態となった。けり落としたというのだから、そのまま転げ落ちたにちがいない。おそらく谷底に落ちる前に、運よく木の枝などに引っかかったのだろう。気を失って無抵抗であったのが、むしろ幸運だったのだ。

女の体が冷たかったのは、低体温だったため。冷え性で悩む人が多いことからもわかるとおり、一般的に女性は低体温になりやすく、平熱が三五度台という人も少なくない。そんな低体温の女が雪道を歩いてきたら、氷のように冷たくなっていて当然だ。透き通るように肌が白く見えたのもの、そのためだ。

権兵衛の死因は腹上死だった？

権兵衛は女にたたり殺されたようにも見えるが、実際には権兵衛の死因は腹上死だったとも考えられる。計算では、年間二千四百人以上の男性が腹上死している勘定になるといい、決して珍しい死因ではない。しかも、腹上で死に至るのは男性がほとんどで、全体の八〇パーセント以上を占めるという。実際の死亡原因になるのは、多くの場合が脳内出血だそうだ（ちなみに、女性は心臓麻痺が多いという）。

脳内出血の主たる原因は、血圧の急上昇によって起きる。いい年をして女好きの権兵衛が美しい女に触れれば、血圧が上昇するのも当然だ。しかも、巳之吉がそうであったように、歯の根もあわぬほどの寒さだったのだ。加えて、女の体も凍てついて、冷たかったはずだ。五十をとうに越えた権兵衛の心臓や血管が、それに耐えることができるはずもない。

女は復讐のためにあらわれたのだから、本当は自分の手で殺すつもりだったのだろう。しかし、幸か不幸か、その手を汚すことなく、権兵衛は己の性癖がたたって死んでしまった。自業自得ともいえるが、当の本人にとっては、女の股の下で死ぬことができたのだから、案外本望だったかもしれない。

参考文献

●『江戸の妖怪事件簿』田中聡／集英社

●『御伽草子』日本古典文學大系38　市古貞次校注／岩波書店

●『おとぎ話を科学する』大槻義彦／PHP研究者

●『大人もぞっとする原典日本昔ばなし』由良弥生／三笠書房

●『ガイドブック日本の民話』見本民話の会編／講談社

●『決定版　まんが日本昔ばなし101』川内彩友美編／講談社

●『全国昔話記録』柳田國男編／三省堂

●『玉手箱と打出の小槌』浅見徹／中高公論新社

●『松谷みよ子の本』8　昔話／講談社

●『昔話と笑い話』関敬吾／岩崎美術社

●『昔話にはウラがある』ひろさちや／新潮社

●『昔話の謎を解く　本当は意味深い昔話』糸日谷秀幸／愛生社

●『昔話の発見』武田正／岩田書院

●『昔話の変容』服部邦夫／青弓社

●『日本異界絵巻』宮田登・小松和彦・鎌田東二・南伸坊／河出書房新社

●『日本の伝説』柳田國男／新潮社

●『日本の民話』瀬川拓男・松谷みよ子編／角川書店

●『日本の昔話』柳田國男／新潮社

●『日本の昔話（1）～（4）』おざわとしお再話／福音館書店

●『日本むかしばなし』坪田譲二／金の星社

●『日本昔話百選』稲田浩二・稲田和子編著／三省堂

●『日本昔ばなし一〇〇話』日本民話の会編／国土社

●『本当は恐い！　日本むかし話』深層心理研究会編／竹書房

●『本当は恐い！　日本むかし話　血も凍るあなたの知らない裏物語』深層心理研究会編／竹書房

本当は恐い！ 日本むかし話

知られざる禁忌譚

2015年3月5日　初版第一刷発行

編　者　深層心理研究会

イラスト　久保田晃司

装　丁　岩田伸昭

発行人　後藤明信

発行所　株式会社竹書房

〒102-0072　東京都千代田区飯田橋2-7-3

電　話　03-3264-1576（代表）　03-3234-6301（編集）

http://www.takeshobo.co.jp

振　替　00170-2-179210

印刷所　共同印刷株式会社

ISBN978-4-8019-0189-6 C0193